보고, 쉬고, 간직하다

박물관, 그 숨겨진 이야기 속으로

보고, 쉬고, 간직하다

©이현주 2023

초판 1쇄 펴냄 2023년 9월 20일

지은이 | 이현주
펴낸이 | 김종필
펴낸곳 | ㈜아트레이크ARTLAKE
인쇄 | 제영P&B

글 이현주
편집 김시경
디자인 전병준

등록 제2020-000231호 (2020년 10월 27일)
주소 서울시 강남구 테헤란로 4길 15 1501호
전화 (+82) 02 517 8116
홈페이지 www.artlake.co.kr
이메일 jpkim@artseei.com, artlake73@naver.com

ISBN 979-11-971843-5-2 03810

보고, 쉬고, 간직하다

이현주 지음

박물관, 그 숨겨진 이야기 속으로

ARTLAKE

추천사

일편단심 '국박' 사랑으로 빛나는 보따리

국립중앙박물관 나들이를 즐기시는 분이라면 이 사람을 한 번쯤 마주쳤을지도 모릅니다. 종종걸음으로 또는 느긋한 보폭으로 박물관 구석구석을 누비면서 관람객을 살피고 때로 사진을 찍으며 하루를 보내는 그의 이름은 이현주입니다. 흔히 '국박'이라 줄여서 불리는 국립중앙박물관에서 그의 소임은 홍보전문경력관이지만, 굳이 맡은 일이 아니더라도 시시콜콜 요모조모 단속하는 품새가 야무집니다. 국박의 마당발이자 홍보의 달인이라 불리는 그가 얼마나 박물관에 푹 빠져 지내는지 보여 주는 증거가 이 책입니다.

'이현주의 박물관 보따리'라는 제목으로 한 일간지에 연재했던 글을 다듬어 엮은 이 책은 연재 제목 그대로 그가 평생 이고 안고 들고 애지중지해 온 국박 이야기 뭉치를 풀어헤쳐 보여 줍니다. 마흔세 편의 글과 곁들인 사진은 1909년 대한제국 제실박물관으로부터 124년간 국박에 켜켜이 쌓인 역사이자 2023년 오늘의 현장입니다. 어찌 보면 '박물관학'이요, 깊이 읽으면 '예술론'이며, 한 발 들어가면 '예술경영' 이야기지요. 독자 스스로 느끼는 길 따라 보따리는 무궁무진 풍성한 속내를 드러냅니다.

저자가 국박에 발을 들여놓을 때 첫 업무였던 '박물관 신문'의 제호를 쓴 제4대 관장 최순우 선생은 "함께할 수 없는 아름다움은 때로 아픔이 된다"고 했습니다. 저자 또한 글 마디마디에 우리 문화유산에 공감할 수 있는 반려를 부르는 손짓을 묻어 두었습니다. 디지털 실감영상관에서 목격한 어느 오후의 단상은 한국 미술에 대한 애정을 퍼트리는 강물 소리처럼 들립니다.

'영상 앞으로 갑자기 뛰어나가는 아이들을 보며 놀라는 부모도 있지만 나는 그 순간을 즐긴다. 은근히 기다린다. 멋지지 않은가? 아이들이 춤을 추는 박물관이라니.'

저자는 재능이 넘칩니다. 시인이고 사진작가이며 수필

가이지요. 2017년 첫 사진전을 시작으로 여러 차례 개인전을 열었고 2018년에는 포토에세이《빛, 내리다》를 펴냈습니다. 그 모든 재주를 한데 모아 일편단심 국박 사랑에 쏟아부은 이 애정서를 진심으로 응원합니다.

정재숙 전 문화재청장

현주 씨 따라 박물관 행복 줍기

박물관을 주제로 한 이런 책이 꼭 필요하다고 생각해 왔습니다. 박물관에 자주 가고 싶게 안내하는 특별한 초대장 같은 책 말입니다. '박물관엘 왜 가지?' '가면 뭘 하지?' 하고 생각했던 사람들 혹은 몇 번 가 보긴 했지만 어쩐지 어색하고 조심스러웠던 이들에게 박물관 문턱을 낮춰 줄 이 책이 무척 반갑고 고맙습니다.

이전에 또 이런 책이 있었던가요? 이 책 속에는 박물관에서 하는 일을 사랑하는 마음과 섬세한 감식안으로 무장하고, 이른 새벽부터 부지런히 박물관을 누벼 온 저자의 열정 어린 시간들이 담겨 있습니다. 박물관의 최근 역사와 사람들, 계절의 꽃과 나무, 박물관에서 열리는 여러 이벤트들을 소개한 저자의 글은 박물관에 가야 하는 이유, 박물관에 가면 하고 싶은 일, 박물관에서 누구보다 자유롭고 행복하게 즐길 거리들을 제안합니다. 그래서 이 책은 한 번 읽고 책장에 꽂아 두는 책이 아니라, 눈에 띄는 곳에 두었다가 일 년에 네다섯 번쯤 박물관 나들이를 할 때마다 펼쳐보게 될 것 같습니다. '이 무렵에는 후원에 배롱나무가 붉게 피었겠구나', '봄날 첫 매화는 박물관에서 봐야겠다'는 마음을 불러일으킬 그런 책이니까요.

이 책의 독자들이 철마다 피는 박물관의 꽃들을 저자처럼 사진에 담아보고, '사유의 방'에서 오래 머물며 반가사유상의 아름다움과 공간 디자인을 더욱 특별하게 음미해 봐야겠다는 생각을 품는다면 좋겠습니다. 그리고 국립중앙박물관 전시실을 둘러볼 때는 박물관 2층의 기증전시실을 빼놓지 않고 유물을 수집하고 기증해 준 분들에 대한 고마움을 느끼고, 회화실에서는 혹시 '오이를 지고 가는 고슴도치'같이 흥미로운 아이템을 발견해 볼 수 있지 않을까 기대하며 그림 속으로 좀 더 깊게 들어가 보는 것도 좋은 일이겠지요.

아, 그리고 저도 따라 해 보고 싶은 것이 있습니다. 전국에 있는 국립박물관 여행입니다. 지역 박물관의 특별 기획이 있을 때 오로지 '전시'를 보러 여행을 계획하고, 저자가 그랬듯이 박물관 여행기를 글과 사진으로 남기며, 저자처럼 박물관 행복 줍기에 함께하고 싶어집니다. 아… 그러고 보니 이 책은 제게 '현주 씨 따라 박물관 행복 줍기'처럼 다가오네요.

현주 씨의 박물관 사랑이 오래오래 우리를 행복하게 해 줄 것을 기대하며, 이 책을 통해 현주 씨를 따라 하는 많은 독자들이 '장맛비에 물 붓듯이' 늘어나길 바랍니다.

송혜진 전 국악방송 사장

세상과 소통하는 국립중앙박물관

개관 이후 지금에 이르기까지 늘 한결같은 모습으로 많은 이들을 반겨 주는 고마운 공간이자 우리의 자랑거리인 국립중앙박물관은 해가 거듭될수록 기획과 전시는 물론 방문객을 위한 배려에 이르기까지 모든 부분이 날로 발전해 나가고 있습니다.

이처럼 긍정적인 방향으로 국립중앙박물관이 계속 성장해 나가고 있는 이유에는 여러 가지가 있겠지만, 무엇보다도 각자의 위치에서 맡은 바 소임을 다하고 있는 관계자들의 숨은 노력이 그 바탕이 되고 있다고 생각합니다.

박물관의 조금은 느린 듯한 시계와 달리 모든 것이 빠르게 변하고 있는 지금 시대에 누구보다 열린 마음으로 세상과의 소통을 통해 사람들이 박물관에 바라는 것들을 이해하고, 이를 기반으로 기존의 박물관이 지닌 단조롭고 느릿한 이미지를 개선해 나가는 동시에 이런 모습을 세상에 알리는 데 앞장서는 이현주 선생님의 노력 또한 매우 중요하다고 늘 느끼고 있습니다.

과거에는 박물관이 오래된 유물과 문화재를 보관하는 장소이자 주로 소풍 혹은 견학 때 방문하는 공간으로 인식되어 있었기 때문에 크게 다르지 않은 범위 내에서 제한적인 역할을 해 왔다고 볼 수 있을 것입니다. 그러나 지금은 단순히 오래된 것들을 모아 놓은 곳이라는 인식을 넘어 그것들을 알기 쉽게 재가공해 박물관을 찾는 사람들이 '오감'으로 체험하며 우리의 것에 좀 더 쉽게 다가갈 수 있는 기회를 마련해 주고 있습니다. 아울러 역사와 문화를 넘어 예술의 영역에 이르기까지 다양한 분야를 아우르며 복합문화공간의 형태로 점차 진화해 나가고 있지요.

이현주 선생님께서는 이처럼 다양한 모습으로 변화하며 좀 더 많은 사람에게 다가가고자 노력하는 국립중앙박물관의 모습과 이야기를 '이현주의 박물관 보따리'라는 연재 글을 통해 솔직 담백하게 세상에 알려 오셨습니다.

그 글 가운데는 꽤 흥미로운 내용이 많습니다. 공개된 지 불과 1년여 남짓한 짧은 시간에 많은 사람들에게 뜨거운 관심과 사랑을 받으며 이제는 명실상부 국립중앙박물관을 대표하는 공간으로 자리매김한 '사유의 방'에 놓인 반가사유상 두 점이 어느 방향에서 보든 표정이 보이도록 기획되었다는 사실과 함께 '이 공간은 말이 아니라 생각을 만드는 공간이다'라는 의미 있는 내용이 담겨 있지요.

또한 국립중앙박물관의 종합병원과도 같은 보존과학부의 중요성과 역할을 소개하며, 박물관을 위해 음지에서 고생하는 관계자들의 보이지 않는 노력과 숨은 땀방울에 대한 뜻깊은 이야기도 들려줍니다.

국립중앙박물관을 누구보다 진정으로 아끼고 사랑하는 마음을 바탕으로 때로는 화자의 입장에서 때로는 청자의 입장에서 박물관을 알리고자 한결같은 모습으로 달려온 이현주 선생님의 발자취가 담긴 이야기 보따리가 많은 사람에게 따뜻한 즐거움으로 다가가길 바랍니다.

조성원 문화인플루언서, art_culture_space 운영자

들어가며

하나,

사무실 창밖으로 층층나무의 잎과 열매들이 햇빛에 반짝이고 있다.

메마른 가지에 잎이 나고 꽃이 피는 시기가 지나 열매가 맺어 익어 가는 시기다. 7월 말부터 8월에는 새들이 날마다 날아와 층층나무 열매를 먹는다. 열매가 빨갛게 익어 매달린 것을 보지 못했다. 대부분 새들이 다 먹어 버리기 때문이다. 참새도 비둘기도 날개를 푸드득거리며 앉았다가 놀고먹으며 쉬었다 가는 모습을 볼 수 있다.

층층나무 뒤로 주차장으로 가는 도로가 있고 도로 맞은편으로 작은 동산이 있다. 그 동산은 봄이면 진달래가 가득 피는 곳이다. 그 옆으로 봄엔 노란 꽃이 피고 가을엔 빨간 열매를 맺는 산수유나무가 있다. 희고 몽실몽실한 고운 꽃을 보여 주고 주황색 열매를 주는 살구나무도 있다.

동산 위에는 작은 오솔길이 나 있는데 오솔길을 따라 소나무들이 줄지어 서 있다. 비가 온 아침엔 오솔길로 들어가지 않더라도 소나무 향기가 번져 오가는 사람을 반기기도 하는 곳이다. 오솔길엔 작은 쉼터가 있고 작은 도서관도 있다. 그곳에서 책을 읽으며 쉬고 있는 사람들은 참 여유로워 보인다.

둘,

연못 위, 빽빽하게 솟은 연잎들 사이로 분홍색 연꽃과 흰색 연꽃이 피어 있다.

맑은 날이다. 물은 잔잔하다. 연잎이 없는 한쪽, 물 위에 홀로 활짝 핀 꽃송이가 물에 비쳐 아래에 또 한 송이 있는 것 같다. 바람이 살살 불어온다. 연꽃이 쓰윽 하고 움직인다.

연못가에는 배롱나무가 여러 그루 살고 있다. 백일 동안 피고 지는 꽃나무라 목백일홍이라고 한다. 찐한 분홍색에 꼬불꼬불한 꽃잎을 가졌고 나뭇가지도 구불구불하다. 그 화려함에 저절로 눈이 간다.

그 옆에서는 아이들의 웃음소리가 한창이다. 뛰어갔다 뛰어오기를 반복한다. 물이 갑자기 위로 쑥 솟아오른다. 분수다. 아이들은 옷이 젖어도 상관없다. 점점 커지는 아이들의 웃음소리에 부모님들은 같이 웃음 짓고 있다.

이 장면에서 공통되는 이미지가 있다. 모두 사진기를 들고 찍고 있는 모습이다. 배롱나무 앞에서는 삼각대까지 세워 놓고 한 중년의 남자가 열심히 사진을 찍고 있다. 수련 근처에는 커다란 망원 렌즈를 들고 한 중년의 여자가 사진을 찍고 있다. 아이들 근처에서는 부모가 아이들을 찍고 있다.

셋,

봄이면 매화가 핀다.

매화는 서울에서 보기 힘들지만, 이곳에는 봄을 알리는 매

화가 피고 그 향이 진동한다. 매화가 피어 있는 옆 종각에
는 커다란 '종'이 매달려 있다. 종의 이름은 보신각종*이다.
그 옆에는 의자와 테이블이 있다. 매화의 향을 맡으며 감
상하기에 좋다. 날씨가 좋으면 사람들은 그곳에서 차도
마시고 도시락을 먹기도 한다.

매화 앞을 지나 구불거리는 길을 따라 걷다 보면 화강암
으로 만든 석불상, 문인상, 태함이 군데군데 놓여 있다. 그
러고 나면 아주 커다란 연못과 마주하게 된다.

넷,

작은 토우(土偶)가 있다.

이 작은 토우는 웃음 짓고 있다. 길이 16.9센티미터, 높이
8센티미터로 작다. 작은 동물의 웃음은 세상에서 가장 행
복한 순간을 나타낸 것일지도 모른다. 그 앞에 서 있던 사
람이 토우를 보다 씨익 웃는다. 그 작은 토우를 한참 바
라보다 발걸음을 옮긴다.

　집 모양의 전시실에 들어가 준비되어 있는 의자에 앉는
다. 영상이 앞에 있고 등잔들도 전시되어 있다. 영상에선

동물 모양 토기 경주 탑동 3호 무덤(6세기)
영원한 여정 특별한 동행 특별전
2023.5.26–10.09

밤하늘에 별이 흐르다가 쏟아진다. 영상이 사라진 후 전시된 등잔 위에 작은 불빛이 올라온다. 흔들리는 불빛에 한참을 앉아 있다.

영상이 나오는 진열장으로 발걸음을 내디딘 사람은 그 앞에서 또다시 웃음 짓는다.

영상 속 작은 토우들이 춤을 춘다. "어머 귀여워라."

뒷다리를 뱀에게 물린 개구리가 도망친다. 그러나 꽉 물린 뒷다리는 빠지지 않는다.

"세상에." 혼잣말로 중얼거린다.

다섯,

달항아리가 방 안에 있다.

달항아리 뒤로는 영상이 흐른다. 눈이 흩날리고 빨간 도포를 입은 사람 하나가 친구를 찾아간다. 친구는 방에 앉아 기다리고 있다. 그 영상은 바다로 바뀌고 그 바다 위에서 달이 떠오른다. 영상의 달과 달항아리가 제법 잘 어울린다.

---

*원래는 종로 보신각에 있던 종이다. 오랫동안 사용하여 파손의 위험이 있어 새로 종을 만들어 종로에 두고 사용하던 보신각종을 옮겨온 것이다.

달항아리 분청사기 백자실

여섯,

커다란 방에서 아이가 춤을 춘다.

넓이 60미터, 높이 5미터의 넓은 방이다. 벽에서 바닥에서 영상이 나온다. 음악도 같이 흘러나온다. 영상을 보던 아이는 갑자기 일어나서 춤을 추기 시작한다. 무아지경이 되어 춤을 추고 있다.

일곱,

한쪽에는 수많은 종류의 유물들이 차곡차곡 채워진 밝은 진열장이 있다.

그 앞에는 널따란 의자들과 탁자가 있다. 이 의자와 탁자는 중년 화가의 그림을 모티브로 하여 장식했다. 이곳에서 앉아 쉬면서 오랫동안 벽에 있는 유물들을 바라본다. 옆의 책상에서는 오디오를 들으며 영상을 볼 수 있다.

전시실 제일 안쪽에는 바깥의 햇살을 온전히 받는 환한 휴게실이 있다. 이곳에서 책도 읽고 휴대전화도 충전할 수 있다.

위의 장면들은 모두 국립중앙박물관에서 만날 수 있는 것들이다.

"진짜?"라고 반문했는가.

박물관엔 많은 이야기가 있다.

박물관은 우리의 문화유산이 있는 곳이지만, 박물관의 진열장에 전시되어 있는 문화유산을 보는 것뿐 아니라 다양한 것들을 즐길 수 있는 곳이기도 하다.

국립중앙박물관에 가면 대부분 예상하고 기대하는 것이 있다. 상설전시관 1층엔 구석기 시대부터 근대까지의 문화유산이 전시되어 있다. 2층에는 서화실, 불교회화실, 기증관, 사유의 방 등이 있다. 3층에는 세계의 문화유산이 전시되어 있고, 금속공예, 불교조각실, 청자실, 분청사기 백자실의 명품들이 기다리고 있다. 전시실 곳곳엔 실감영상관, VR체험관 등도 기다리고 있다. 특별한 전시가 열리는 기획특별전시실과 상설전시실의 특별전시실도 있다. 어린이들이 늘 붐비는 인기 만점 어린이박물관도 있다.

국립박물관은 국립중앙박물관 외에 13개의 소속 박물관이 있다. 국립경주박물관, 국립광주박물관, 국립전주박물관, 국립대구박물관, 국립부여박물관, 국립공주박물관, 국립진주박물관, 국립청주박물관, 국립김해박물관, 국립제주박물관, 국립춘천박물관, 국립나주박물관, 국립익산박물관이 있고 국립충주박물관을 건립 준비 중이다.

전부 다 다루지 못했지만, 찾아간 소속 박물관에도 이야기는 숨어 있었다. 전시를 준비하는 풍경은 어떤지, 새로 바뀐 전시실의 모습은 어떤지, 전시를 보러 온 사람들의 모습은 어떤지 이야기하고 싶었다.

자, 이제 이야기를 찾으러 가 보자.

2023년 이현주

차례

추천사 4

들어가며 12

Part 1 **공간**
박물관 구석구석 쉼과 사유를 찾아서

01 은은한 향기가 퍼지는 생각의 공간   29

02 아이들이 춤을 추는 박물관   36

03 전시를 감상하는 방법   42

04 쇼핑하러 박물관 안 가실래요?   48

05 국립중앙박물관이 태권V 집이라면   53

06 시끌벅적한 박물관   59

07 청자정과 찰치우이테스   65

08 '쉼'이 있는 공간, 박물관   71

09 박물관에서 만난 마음복원소   77

10 모두가 즐기는 박물관 문화 향연   81

Part 2 유물

오랜 역사가 들려주는 나지막한 목소리

01 외규장각 의궤와 인왕제색도　　89

02 아름다운 기증, 이홍근 선생을 기억하다　　94

03 경천사 십층석탑의 조명이 꺼지면　　100

04 거는 부처님, 괘불　　105

05 호랑이 기운 받으러 오세요　　111

06 박물관의 숨은 토끼들과 함께　　117

07 외규장각 의궤, 그 고귀함의 의미　　122

08 수련의 세계로 초대합니다　　128

09 삶도 죽음도 인간이 중심이었다　　132

Part 3 시간

시시때때로 뿜어내는 색다른 매력

01 배롱나무 앞에서　　141

02 까치밥이 있는 풍경　　148

03 매화와 함께 봄이 왔다   *152*

04 칠월은 포도의 계절   *156*

05 모과를 바라보다   *160*

06 당신은 어떤 향기를 가지고 있습니까   *164*

Part 4 **사람**

박물관에 생기를 불어넣는 정겨운 손길

01 보존과학부에서 만난 크리스마스   *171*

02 저의 이름은 '큐아이'입니다   *175*

03 우리가 가진 '첫 번째' 기억들   *179*

04 기억의 향기   *183*

05 학예사와 대화를 나누는 시간   *187*

06 모두를 위한 박물관 만들기   *191*

07 MZ 세대여, 박물관으로 오라   *195*

08 반갑다, 박물관신문   *200*

09 문화재 종합병원 '문화유산과학센터'   *205*

Part 5 박물관

각양각색 매력을 뽐내는 박물관 이야기

01 국립박물관의 브랜드   *211*

02 박물관 전시실에서 독서를?   *217*

03 한국 유일의 복식문화 전문 박물관   223

04 자세히 보아야 이쁜 귀엣-고리   227

05 오이를 등에 지고 가는 고슴도치   232

06 제주 동자석을 마주하다   238

07 나주박물관에서   243

08 낭산, 도리천 가는 길을 찾다   248

09 이집트, 카이로박물관, 투탕카멘   252

맺는 글   *258*

Part 1

공간

박물관 구석구석 쉼과 사유를 찾아서

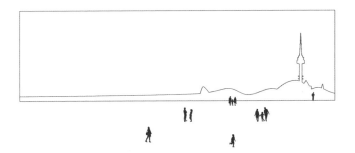

01

은은한 향기가 퍼지는 생각의 공간

세상은 정보의 홍수다. 우리는 몇 미터만 걸어가도 수많은 정보를 맞이한다. 손에는 늘 스마트폰이 들려 있다. 뉴스, SNS, 광고를 포함한 정보를 수없이 접해야 한다.

우리 모두에게는 생각하는 주머니가 있지만, 정보를 접하느라 나만의 시간을 갖기가 어려워졌다. 나뿐만 아니라 내 앞에 있는 사람에게도 온전히 집중하지 못한다. 대화를 하다가 전화를 받고, 이야기를 하다가도 알림소리에 문자를 확인하곤 한다.

우리는 수시로 정보를 처리하느라 생각의 여유를 잊어버

'사유의 방에서 우리는 마음의 공간, 생각하는 공간을 가질 수 있다.

리고 있다. 그래서 유행하는 게 '멍때리기'인지도 모른다. 그냥 멍때리는 것도 모자라 '물멍', '불멍', '달멍'까지 있다. 아무것도 하지 않는 것 자체가 치유가 돼 버렸다.

우리의 마음과 생각을 둘 수 있는 공간이 필요하지 않을까. 2021년 11월 12일 국립중앙박물관 상설전시관 2층에 '사유의 방'이 생겼다. 박물관을 대표하는 유물인 반가사유상 2점을 전시한 공간이다. 비슷한 듯 완전히 다른 두 반가사유상의 매력을 확인할 수 있다. 이 방이 생긴 뒤로 관람객의 동선이 바뀌고 있다.

'사유의 방'에 들어가는 길에 앞서 어느 영상과 만나게 된다. 프랑스 출신의 비디오 아티스트 장 줄리앙 푸스(Jean-Julien Pous)의 '영원히 실재하는 것은 없다'는 불교의 공(空) 개념을 담은 영상이다. 얼음과 물, 수증기 등이 변화가 느린 화면으로 펼쳐진다. 영상을 보면서 관람객들은 마음을 한 번, 생각을 한 번 내려놓는다.

금동미륵보살반가사유상(좌/ 구 국보78호)
6세기 초반, 삼국시대
높이 83.2cm

금동미륵보살반가사유상(우/ 구 국보83호)
7세기 초반/ 삼국시대
높이 90.8cm
ⓒ국립중앙박물관

영상을 보고 나서 천천히 안으로 걸어 들어가면 탁 트인 공간 저 안쪽으로 반가사유상이 보인다. '사유의 방'에서는 공간 어느 곳에서든 반가사유상의 표정을 온전히 만날 수 있다. 최욱 건축가가 설계한 공간에서 진열장 없이 반가사유상을 바라보며 가만히 서 있다 보면 은은하게 코끝을 스치는 편백나무와 계피향도 느낄 수 있다. 사람들은 그윽한 조명 아래에서 반가사유상을 마주하고 오랫동안 바라본다. 서로 말을 아끼고 반가사유상에 집중한다. 침묵 속에서 반가사유상을 바라보다 천천히 움직이며 반가사유상의 뒷모습을 살펴보기도 한다.

신기하다. 이 공간에서 그들은 말을 잊어버린 것 같다.

'사유의 방'은 말이 아니라 생각을 만드는 공간이다. 반가사유상을 계피향이 은은하게 나는 벽에 기대서 보든 나무 바닥에 주저앉아 보든 어떠랴. 혼자만의 생각 속에 잠길 수 있는 그 시간이 그 방에 온 모두에게 치유가 아니겠는지.

02
아이들이 춤을 추는 박물관

가만히 앉아 영상을 보던 아이가 갑자기 일어나 뛰어나간
다. 흥에 겨운 몸짓으로 춤을 춘다. 얼굴에는 웃음꽃이 가
득하다. 같이 온 엄마와 아빠는 당황한 표정으로 아이에
게 손짓을 한다. '어서 자리로 돌아와.'

영상을 보던 아이들이 춤을 추는 그 공간은 디지털 실감
영상관이다. 폭 60미터, 높이 5미터의 초대형 파노라마 영
상이 펼쳐지는 곳이다. 바닥에도 실감영상이 펼쳐진다. 아
이는 실감영상관에서 수백 명이 등장하는 '왕의 행차, 백성
과 함께하다'를 보고, 금강산의 사계절을 볼 수 있는 '금
강산에 오르다' 등을 보며 그 속에 빠져든다. 10개의 스피

커에서 나오는 음악은 우리의 핏속에 살아 있는 '흥(興)'이라는 전통의 DNA를 움직인다. 아이는 자신도 모르게 영상 속의 주인공이 돼 그 순간을 온전히 즐긴다. 아이가 행복한 순간이다.

국립중앙박물관에는 이곳 말고도 디지털 실감영상관과 가상현실(VR)체험관이 더 있다. 상설전시관 2층에 설치된 디지털 실감영상관2에서는 8미터의 벽면을 가득 채운 '태평성시도(太平城市圖)'로 게임을 할 수 있고, '김홍도 화첩'을 천천히 살펴보며 직접 이야기를 완성할 수 있다. 1년에 3개월 정도밖에 전시하지 못하는 회화 유물들 2점을 1년 내내 자세하게 볼 수 있는 공간이다. 조선시대 초상화를 주제로 상호작용이 가능한 체험을 할 수도 있다. 나의 모습을 찍은 것을 바로 보내 내가 초상화가 되어 보는 체험이다. 아울러 평상시에는 들어갈 수 없는 보존과학부과 수장고를 VR로 체험할 수도 있다. 예약은 필수다. 이 VR 체험관을 제대로 체험할 수 있는 방법을 엄마들끼리 온라인상에서 공유하기도 한다.

국립중앙박물관 실감영상관. '왕의 행차 백성과 함께하다.'

국립중앙박물관 실감영상관, '금강산에 오르다'.

1층 '고구려실'에 있는 디지털 실감영상관3에서는 고구려 벽화무덤을 볼 수 있다. 3개의 벽과 천장에 프로젝트 영상을 투사해 직접 무덤에 걸어 들어가서 보는 것처럼 경험할 수 있는 공간이다. 그동안 발견된 107기의 고구려 벽화무덤 중 고구려인들의 삶의 모습과 정신세계를 볼 수 있는 세 곳의 벽화무덤을 골랐다. 안악3호 무덤과 덕흥리 벽화무덤과 강서대표이다.

디지털 실감영상실과 VR체험관은 2020년 '실감'나는 박물관 체험을 위해 꾸민 곳이다. 시간과 공간을 넘나드는 공간이다. 박물관에서 문화재를 보는 것은 당연하다. 아이에게 먼저 즐길 수 있는 박물관으로서 자리매김하는 것도 중요하다.

영상 앞으로 갑자기 뛰어나가는 아이들을 보며 놀라는 부모도 있지만 나는 그 순간을 즐긴다. 은근히 기다린다. 멋지지 않은가? 아이들이 춤을 추는 박물관이라니.

03
전시를 감상하는 방법

전시를 더 잘 감상하고 이해하는 방법이 있을까. 설명을 잘 읽어야 할까? 음성으로 설명해 주는 것을 따라서 감상하면 좋을까? 물론 둘 다 맞다. 정답은 없으니까. 각자가 즐기고 싶은 대로 전시를 감상하면 된다.

그러나 전시를 좀 더 들여다보자. 전시의 바탕이 되는 전시품, 전시 디자인과 조명은 기본이다. 더불어 요즘은 전시의 이해도를 돕기 위한 영상 자료도 필수가 돼 가고 있고, 소리가 전시장에 생명을 불어넣기도 하며, 어떤 전시장에서는 향기가 감돌기도 한다.

'고(故) 이건희 회장 기증 1주년 특별전'(2022.4.28~2022.8.28)에서는 손님을 초대하는 주제가 있었기에 다기(茶器)가 놓여 있는 응접실 공간에서 다향(茶香)이 흘러나왔다.

인기리에 개최되었던 '합스부르크 600년'(2022.10.25~2023.3.15) 전시장에는 음악이 흘렀다. 전시실 1실 갑옷 공간에서는 신성로마제국의 황제 루돌프 2세의 궁정악장 필리프 드몽테의 미사곡 '인시피트 도미노(Incipite Domino)'를, 1실과 2실 사이에서는 모차르트의 41번 교향곡 2악장을 들을 수 있었다.

루벤스의 작품이 있는 공간에서는 바흐의 'G선상의 아리아'를, 마리아 테레지아가 있는 공간에서는 하이든의 48번 교향곡 2악장을 들으며 전시를 감상할 수 있었다.

개편된 청자실 '고려비색'의 방에서는 예술 분야의 세계적 크리에이터이자 제작자인 다니엘 카펠리앙(Daniel Kapelian)이 작곡한 '블루 셀라돈'이라는 음악이 흐른다. 전시기획자는 음악을 통해 먼저 관람객이 마음을 열게 하고 그 소리와

청자실 고려비색 공간에 전시돼 있는 국보 상형청자. 동물이나 식물 형상으로 만든 청자들이다 ⓒ국립중앙박물관.

함께 청자의 매력에 빠져들게 하고 싶었다고 했다. 음악을 들으면서 걸음을 옮기다 보면 고려청자가 맑은 하늘빛의 색을 찾기까지의 과정을 영상으로 만날 수 있다. 그 영상에서는 하늘의 소리인 천둥소리가 난다.

전북 부안 유천리 가마터에서 발굴된 청자 파편이 전시돼 있는 곳에서는 도자기 파편에 있는 이미지로 만든 영상을 보며 땅의 소리인 빗소리를 들을 수 있다. 고려인이 차를 마셨던 다기를 모아 놓은 공간의 영상 앞에서는 차를 만들 때 나는 여러 소리, 인간이 내는 소리를 들을 수 있다.

전시실에 들어가면 전시의 이해를 돕기 위한 작업들이 많이 있다. 전시물이 아닌 전시장의 소리, 음악, 영상들에도 관심을 기울여 보면 어떨까. 전시를 준비하면서 학예사들이 고민했던 흔적들을 차분하게 따라가다 보면 더 즐겁고 의미 있게 전시를 즐길 수 있을 것이다.

유천리 출토 상감청자의 조각으로 고려인의 자연관을 보여 주는 공간.

04

쇼핑하러 박물관 안 가실래요?

오래전에 어떤 분이 말하길 해외 박물관에 가면 꼭 사고 싶은 뮤지엄 굿즈(문화상품)가 있다고 했다. 그 박물관만이 갖고 있는 것들인데 비싸진 않지만 꼭 사야 하는 것이라고 했다. 그러면서 국립중앙박물관에도 그런 물건이 있으면 좋겠다고 했다. 난 자신 있게 어떤 것이 좋다고 말하지 못했다.

한데 몇 년 전부터는 자신 있게 추천할 수 있는 문화상품들이 하나둘 늘어나기 시작했다. 고려청자를 모티브로 만든 '고려청자 에어팟 케이스'는 초히트 상품이었다.

뭇즈(뮤지엄 굿즈)는 국립박물관문화재단이 만든 문화상품의 이름이다. 다양한 문화상품들을 관람객이 살펴보고 있다.

지난해에는 총천연색 반가사유상 미니어처가 온라인 상품점 서버를 마비시킬 정도로 인기를 모았다. 조기 품절된 반가사유상 미니어처는 소셜미디어에서 입소문까지 더해져 6차 예약 판매까지 이루어졌다. 파스텔톤의 반가사유상이라니 예전엔 상상하지 못했던 상품이 아닌가. 엄숙함을 벗어나면서 젊은 세대들에게 제대로 통한 것이다.

인기를 끌었던 문화상품 중 하나로 '자개소반 충전기'도 있다. 자개소반 모양의 상 위에 휴대전화를 올려 두면 충전이 된다. 박물관 문화상품점에 들이자마자 품절됐고, 온라인 상품점에서 예약 구매를 통해서만 구입할 수 있었던 제품이기도 했다. 지금은 문화상품점에서 바로 구입할 수 있다. '자개소반 충전기'는 특별전시 '칠(漆), 아시아를 칠하다'(2021.12.21~2022.3.20)와 연계해 개발한 문화상품이다.

요즘은 특별전을 준비하면서부터 관련 문화상품은 어떤 것이 좋을지 국립박물관문화재단과 전시 부서가 같이 고민한다. 특별전시가 열리면 옆의 문화상품점에서 언제든

국립중앙박물관 굿즈 중 인기 있는 자개소반 충전기.

다양한 상품을 확인할 수 있다.

얼마 전엔 지인이 친구와 함께 박물관을 방문했는데 박물관에 올 때마다 문화상품점도 꼭 들른다며 그곳에 데려가 소개해 주기까지 했다고 한다. 문화상품점이 전시 관람과 더불어 꼭 들러야 하는 장소가 돼 가고 있는 것이다.

필자도 어느 순간부터 문화상품을 사서 선물하기를 즐긴다. 최근엔 한 달 넘게 기다렸던 '자개소반 충전기'를 받았다. 박물관을 좋아하는 지인에게 생일선물로 줄 생각이다. 선물을 받으며 웃는 그분의 모습을 상상한다.

박물관 관람을 마치고 나서 문화상품을 구입하는 일은 이제 하나의 추세다. "나는 박물관에 공부하러 간다"는 말 대신 "나는 쇼핑하러 박물관 간다"는 말로 바뀌고 있다고 하면 과한 것일까.

05

국립중앙박물관이 태권V 집이라면

국립중앙박물관을 방문해 본 사람이라면 건물이 꽤 크다는 것을 단박에 안다. 단일 박물관 건축물로는 세계적으로도 손가락에 꼽힐 만큼 큰 건물이다. 가로로 길이는 404미터이고 건물의 최고 높이는 43.08미터이다. 건물 외부로 한 바퀴를 걸으면 1킬로미터 정도가 된다.

국립중앙박물관은 용산에 새로 들어서기 위해 국제 설계 공모를 했고, 공모에는 세계 46개국 341점(건축가 850명 참여)이 참가했다. 그중 국내 회사인 정림건축 설계안이 1등 당선작으로 뽑혔다. 건축물은 지하 1층, 지상 6층으로, 건축면적은 4만 9,468.97제곱미터다.

상설전시관 입구 광장의 이름은 으뜸홀이다. 그곳의 천장엔 커다란 원형의 멋진 천장이 있다.

이 커다란 건물을 유지하기 위해서 박물관은 최신 시스템을 활용하고 있다.

시설관리 시스템(FMS)은 최신 정보통신기술과 주요 장비에 대해 표준화된 데이터베이스를 활용해 시설을 유지·관리한다. 박물관 건물의 수명을 연장하고 관리비용을 절약할 수 있다. 상설전시관의 하나인 '역사의 길'은 자연채광 시스템을 사용하는데 전자제어로 태양의 위치를 정확히 측정해 반사경을 통해 자연광을 비춘다. 가시광선만 투과해 비춘 자연광으로 건물 안에 있어도 눈이 편안하다. 누수감지 시스템(LDS)은 박물관 수장고 등의 누수, 결로, 수해 등을 조기 감지해 박물관의 안전을 지킨다. 이 밖에도 고감도 조기화재감지 시스템, 대기오염감시 시스템, 계측관리 시스템을 운영해 건물을 관리한다.

이 큰 건물에서 내가 좋아하는 장소 중 하나가 상설전시관의 입구 원형 공간인 '으뜸홀'이다. 사람들이 전시장에 들어가기 위해 모이는 장소이기도 하다.

으뜸홀 천장 아래는 만남의 광장이자
박물관을 소개하는 영상을 볼 수 있는 곳이다.

"달려라 달려 로보트야. 날아라 날아 태권브이. 정의로 뭉친 주먹 로보트 태권. 용감하고 씩씩한 우리의 친구. 두 팔을 곧게 앞으로 뻗어~" 이 문장을 보며 노래를 저절로 부를 수 있다면 1970~1980년대에 유년기를 보낸 사람일 것이다. 1976년 탄생한 〈로보트 태권V〉는 김청기 감독이 만든 만화영화다. 그런데 이 으뜸홀의 천장이 '로보트 태권V'가 사는 곳과 너무도 어울릴 것 같은 것이다. 으뜸홀의 천장이 열리고 닫히면 좋겠다고 가끔 생각한다.

어느 날 만화영화 감독님을 박물관에 모셨다. 그분께 기회가 된다면 이 천장을 활용해 영화를 만들어 달라고 했다. "로보트 태권브이가 저 천장을 뚫고 나간다면 얼마나 멋지겠어요!" 그분은 고개를 약간 끄덕거린 것 같았지만 몇 년이 지나도록 연락은 없다.

06
—
시끌벅적한 박물관

열린마당에 사람들이 모여든다.

국립중앙박물관의 건물 중간에 자리한 넓은 공간 열린마당은 전시동과 사무동 사이에 있다. 관람객들은 열린마당을 거쳐 상설전시관, 기획특별전시실, 어린이박물관 등으로 흩어진다.

박물관 전시실을 여는 시간은 오전 10시이지만 요즘은 그 전부터 열린마당에 사람들이 가득하다. 9시가 넘으면 기획전시실 앞 매표소에 줄이 생긴다. 고 이건희 회장 컬렉션 기증 1주년을 기념한 '어느 수집가의 초대' 특별전

(2022.4.28~2022.8.28)의 현장 입장권을 끊기 위해서다. 단체 관람객들도 모이기 시작하는데 아침 일찍 오는 단체 관람객은 대부분 학생들이다. 아이들은 활기가 넘쳐흐른다. 모이기만 하면 수다가 시작된다. 큰 소리로 친구를 부르고 사진을 찍기도 하고 구호를 외치기도 한다. 코로나19 상황으로 2년간 적막하기까지 했던 박물관에 학생들이 오면서 떠들썩해지고 활기가 돌기 시작했다.

조용했던 박물관을 제대로 일깨운 건 어린이박물관과에서 마련한 5월의 어린이날 주간 행사였다. 그동안 집 안에만 있던 부모와 아이들이 박물관 곳곳에서 열리는 공연들을 보며 신나게 즐겼다. 부모와 아이가 함께 함성을 지르며 공연을 즐기고 춤을 추는 모습을 봤을 땐 뭉클하기까지 했다.

며칠 전 점심시간에 석조물정원을 걷다 아이들을 만났다. 푸르른 정원 사이 곳곳에 노란, 파란 옷을 입은 아이들이 모여 있었다. "여기가 갈항사 삼층석탑이야. 사진 찍자",

국립중앙박물관 야외 석조물정원에서
보물찾기 놀이하듯 석조물을 관람하는
어린이들.

국립중앙박물관 야외 정원에는 보신각종이 있다.

"저쪽으로 가면 미르폭포가 있어"라고 알려 주기도 했다. 손에 다들 뭔가를 들고 있어 자세히 보니 '박물관 야외 정원을 거닐어 보자'라는 팸플릿이었다. 전시장만 보고 돌아가는 관람객들에게 야외 석조물정원도 즐기라고 알려 주고 싶어 홍보팀에서 제작한 지도다. 지도에는 자작나무길, 이팝나무길, 경복궁 돌담과 모란 못, 작은 오솔길도 표시돼 있다. 석조물정원의 남계원 칠층석탑, 여러 탑과 탑비뿐만 아니라 옛 보신각종과 포토 스폿까지 안내해 준다. 푸르름이 가득한 야외에서 보물찾기 놀이하듯 박물관을 즐기는 아이들을 봤다. 이런 멋진 답사 프로그램을 만든 선생님들께 박수를 보낸다.

시끌벅적한 박물관이다. 모두 모여 신나는 박물관이다. 조용한 박물관은 안녕이다.

07

청자정과 찰치우이테스

국립중앙박물관 거울 못 앞에 있는 청자정은 주위에 핀 배롱나무꽃과 어우러져 정겹다. 초록 가지에 매달린 붉은 배롱나무꽃과 푸른 기와를 얹은 청자정은 잘 어울린다.

청자정이 생긴 것은 2009년으로 그해 11월 1일 제막식을 가졌다. 우리나라 최초의 근대적 박물관인 제실박물관(1909년 11월 1일 개관)을 일반인에게 공개한 지 100년이 되는 해의 기념물로 지어진 것이다. 청자정은 청자 기와와 나무를 기증하고 기꺼이 비용을 댄 여러 마음들이 만들어 낸 결과물이기도 하다. 기와가 청자라는 것에 의문이 드는 분도 있겠지만, 청자로 만든 기와가 맞다.

청자정 근처의 배롱나무는
6월 말이면 꽃이 피기 시작한다.
7월이면 청자정과의 어울림이 좋다.

우리의 문헌에 청자 기와에 대한 기록이 남아 있다. '고려사'에 "의종 11년(1157년) 봄 4월 고려궁 후원에 연못을 팠다. 거기에 청자를 세우고 이름을 양이정(養怡亭)이라고 했는데, 양이정에 청자 기와를 덮었다"는 내용이 있다. 이 기록은 고려 궁궐터인 개성의 만월대에서 청자 기와가 발견되고 1965년 국립박물관의 전남 강진군 사당리 요지 발굴조사에서 청자 기와 파편을 발견하며 사실로 입증됐다. 이를 고증해 만들어 낸 것이 청자정이다.

지금 청자정 근처에는 직경 5미터의 동심원 구조로 된 2개의 조각물이 놓여 있다. 이 조각은 한국·멕시코 수교 60주년 기념 특별전인 '아스테카-태양을 움직인 사람들'(2022.5.3~2022.8.28)과 연계한 전시물이다. 작품은 멕시코 작가인 하비에르 마린(Javier Marin)이 제작한 '귀중한 돌, 찰치우이테스'다. '찰치우이테스(Chalchihuites)'는 아스테카의 언어인 나우아틀어로 '귀중한 돌' 혹은 '물방울'이라는 의미다. 구조물 안에는 인체의 조각들이 얽힌 채 채워져 있는데, 아스테카인들은 물이나 피가 땅에 떨어지는 모습을 동심원으

청자정 근처에는 배롱나무꽃이 한창이다.
그 옆에는 멕시코 작품
'귀중한 돌, 찰치우이테스'가 전시되어 있다.

로 표현했다고 하니 이 작품은 생명과 죽음의 순환을 의
미하는 것이기도 하다.

며칠 전 점심시간에 청자정을 찾았다. 네 명의 관람객들이
신발을 벗고 올라가 풍광을 즐기고 있었다. 한 사람은 기
둥에 기대어 앉아 음악을 듣고 있었고, 외국인 두 명은 박
물관 쪽을 바라보며 이야기하고 있었으며, 나머지 한 명은
반대편 기둥에 기대어 앉아 책을 읽고 있었다. 근처 조각
상 앞에선 엄마와 같이 온 아이가 기념사진을 찍고 있었
다.

전시장에 가지 않은들 어떠랴. 배롱나무에 둘러싸인 청자
정과 '귀중한 돌, 찰치우이테스'만 즐길 줄 알아도 제대로
여유를 누릴 수 있는 것일 텐데.

08

'쉼'이 있는 공간, 박물관

박물관은 쉼이 있는 공간이다. 지식으로 채워야 하는 목적의 공간이 아니라 '쉼'으로도 채울 수 있는 공간이다. 수많은 문화유산과 정보들 사이에 있다가 나오면 곳곳에서 쉴 수 있는 공간을 만날 수 있다.

상설전시관 2층과 3층의 복도 곳곳에는 전시실에서 나오면 바로 쉴 수 있는 넉넉한 크기의 의자와 탁자들이 많이 마련돼 있다. 그곳에 앉아 쉬다가 문화유산을 소재로 만든 디지털미디어 영상 자료들도 여유롭게 볼 수 있다.

몇 개월 전 국립중앙박물관은 상설전시관 기증관을 일부

개편했다. 생각의 폭을 넓히는 '사유의 방'을 지나 첫 번째로 보이는 방으로 들어가면 된다.

기증관은 문화유산이 전시된 공간보다 휴식을 취할 수 있는 공간이 더 넓은 전시실이다. 그동안 기증된 문화유산들은 벽면에 세운 진열장에 가득 채워져 있고 나머지 공간엔 편안한 소파가 조명과 함께 놓여 있다. 소파의 바깥 부분과 테이블엔 현대 작가의 푸른 그림을 모티브로 한 장식이 돼 있다. 과거와 현재의 만남이다.

한쪽에서는 테이블에 헤드폰을 끼고 앉아 다양한 영상 자료를 볼 수 있다. 전시실 입구에서 대각선으로 보이는 곳에선 전시실로 빛이 흘러든다.

외부의 빛이 가득한 그 공간으로 가면 테이블 위에 책들이 가득하다. 기증 관련한 책, 문화유산을 소개하는 책들을 올려 두었다. 의자와 함께 마련된 동그랗고 자그마한 테이블 위에 책을 놓고 읽으면 된다. 책을 읽는 동안엔 휴대

전시실 복도에는
멋진 휴게 공간이
여러 곳 있다.

전화를 충전할 수도 있다.

박물관을 왜 '쉼'이 있는 공간이라고 하는가. 문화유산들이 전시돼 있는 공간인데 전시를 보지 않아도 괜찮다는 말인가. 박물관인들은 괜찮다고 한다.

누구나 올 수 있는, 목적을 가지고 오지 않아도 되는 우리 모두의 공간이니까. 그러니까 쉬다 가시라. 전시 관람하는 곳 말고 쉬는 곳으로도 맘껏 사용하시라. 박물관에 와서 많이 보지 않고 마음에 드는 몇 개만 눈과 가슴에 품고 간들 어떠한가.

봄이면 즐길거리가 늘어난다. 서울에서 매화꽃들을 맘껏 감상할 수 있는 공간이 박물관이다. 아이들과 함께 왔다면 거울 못과 석조물정원을 맘껏 뛰어다니게 하는 것도 좋다. 특히나 봄은 꼭 전시장으로 들어가지 않아도 좋은 계절이지 않은가.

09

박물관에서 만난 마음복원소

상설전시관 입구, 전시실 1층에서 사슴 장식 단지 모양의 안내판을 만났다. "너와 함께라면 위태롭게 선 채로도 행복할 수 있어." 기울어진 단지 위에 서 있는 사슴 모양 토기가 전하는 말이다.

2층 복도에서 만난 안내판엔 "당신의 노력이 보잘것없는 작은 조각처럼 느껴져도, 그 조각들을 아름다운 무늬로 붙여 낼 힘, 당신 안에 있어요"가 보인다. 나전칠 모란넝쿨 무늬 상자가 전하는 말이다.

3층에 있는 달항아리 모양의 안내판에선 "완벽한 건 매력 없잖아. 있는 그대로의 네가 가장 아름다워"라고 이지러진 백자 항아리가 전한다. 자신이 가지고 있는 모습 그대로

'마음복원소' 안내판.
전시된 문화유산들이 말을 건넨다.

의미 있는 존재임을 전하는 말이다.

이 안내판의 문구들은 '다친 마음에 박물관이 위로를 건 넨다'는 콘셉트로 만들어진 프로그램 '마음복원소'에 있는 글이다. 유물 모양을 모티브로 디자인한 이 안내판은 유물이 있는 전시실 층에 세워져 있다.

'마음복원소'는 MZ 세대와의 소통의 장을 넓히기 위해 국립중앙박물관이 15명의 대학생들과 함께 기획한 감성 콘텐츠다. 박물관이 오래된 훼손 문화재를 복원해 전시하듯 마음을 치유하고 되살리는 곳도 박물관이 될 수 있다는 의미를 담았다.

국립중앙박물관 누리집에 들어가서 '교육(모두/MODU)'탭을 클릭하면 '마음복원소'를 만날 수 있다.
먼저 이름을 물어본다. 그리고는 "안녕, 이현주! 마음복원소에 온 걸 환영해. 지금부터 네 마음을 찬찬히 들여다보려고 해. 잘 생각하고 질문에 대답해 줘"라고 말한다. 마음

상태는 지금 어떠한지, 인간관계, 학업, 직장생활 등 고민은 무엇인지 물어보고 문구와 함께 유물을 추천한다.

구멍 난 마음에는 '삼총통'을 소개한다. "상처 주고도 상처 준 줄 모르는 사람, 이젠 그만. 마취총 훅!" "오늘 밤, 널 힘들게 하는 그 녀석의 꿈에 이렇게 전할게. 네가 긁개냐? 내 속을 박박 긁게…"라는 말은 구석기실에 있는 긁개 유물과 함께 전하는 말이다.

따뜻하고 정겹고 때론 재미있게 전하는 위로의 문구를 보다 보면 입가에 미소가 번진다.

MZ 세대가 아니어도 '마음복원소'에서는 누구나 위로를 받을 수 있다. 331종의 감성 메시지와 함께 유물을 감상하며 위로받는 시간을 가져 보는 것은 어떨까.

10

모두가 즐기는 박물관 문화 향연

향연(饗宴)은 특별히 융숭하게 손님을 대접하는 잔치라는 뜻이다.

박물관에서도 열리는 잔치가 있다. 바로 '박물관 문화 향연'이다. 관람객들에게 문화로 융숭하게 대접하겠다는 뜻으로 지어진 이름이다. 국립중앙박물관은 2014년부터 관람객들을 대상으로 무료공연을 펼쳐 왔다.

2023년의 공연예술축제 '박물관 문화 향연'은 4월 8일 서울시립오케스트라와 장애인들이 함께 공연하는 장애인의 날 기념 음악회로 시작했다.

공연은 총 16회 열린다. 대부분 박물관 광장인 열린마당에서 열리지만 작은 공연은 상설전시관 으뜸홀에서도 열린다. 국립문화예술기관과 연계해 계기, 계절별로도 공연한다. '우리 모두 강약중박약'이란 공연은 친숙한 4박자 리듬 강약중강약과 중앙박물관의 약어인 중박을 합해 만든 슬로건으로 누구나 쉽게 즐길 수 있는 공연이다. 장애인과 소외계층 등 문화 향유의 기회가 적은 관람객도 초대하는 '함께해요 박물관' 등의 주제로도 펼쳐진다.

산들바람이 기분 좋게 사람들을 훑고 지나가던 2023년 5월 13일 토요일에도 공연이 열렸다. 관람석은 열린마당의 계단이다. 공연 시작 전부터 사람들은 자연스럽게 자리를 잡기 시작했다. 무대 뒤편으로 '브라운 반가사유상'이 보이던 이날 비트박스, 스트리트댄스 등의 공연이 열렸다. 앞에서 손뼉을 치기도 하고 춤도 추던 예닐곱 살의 어린 소녀는 "아빠, 이거 찍어, 사진 말고 동영상으로"라고 말했다. 지나가던 빨간 점퍼의 아주머니는 하나 남은 자리에 주저앉아 동행하던 다른 한 분도 붙잡았다. 그분이 앉을 자리가 없어 서 있자 옆에 앉아 있던 젊은 친구가 본인의 자리를 양보했다. 4가지 주제로 공연을 끝낸 공연팀은 공연이 끝나도 일어나지 않는 관람객들을 위해 즉석에서 앙코르 공연을 펼쳤다. 모두들 손뼉을 치면서 열렬히 환호했다. 빨간 점퍼의 아주머니는 두 팔을 머리 위로 올려 손뼉을 치고 있었다. 신나는 토요일 오후였다.

서울시립교향악단, 국립국악원 창작악단, 국립심포니오케스트라 등이 공연을 펼친다. 클래식과 국악 오케스트라 공연 등을 다양하게 만날 수 있다. 2023년 7월과 8월에는 해금플러스 공연과 기타리스트 연주 등 다양한 장르의 공연을 마련했다. 가을인 9월에는 양방언 그룹 공연과 10월엔 군악·의장대 공연까지 준비했다. 매달 2~3회 열리는 박물관 문화 향연, 보고 싶은 공연을 수첩에 적어 두고 주말에 한번쯤 즐겨 보면 어떨까.

Part 2

유물

오랜 역사가 들려주는 나지막한 목소리

01
외규장각 의궤와 인왕제색도

국립중앙박물관은 2021년 4월 고 이건희 회장의 컬렉션 2만여 점을 기증받았다. 박물관에서는 기증 유물 중 대표 유물들을 모아 '고 이건희 기증 명품'이라는 특별전(2022.7.21~2022.9.26)을 열었다. 30분당 20명의 예약 인원만 허용하다 보니 예약창이 열리자마자 많은 이들이 몰려 서버가 마비됐다. 어린아이부터 할아버지, 할머니까지 몰린 전시장에서 '인왕제색도'는 더 인기가 있었다. 전시장 입구에서 비 온 뒤 맑게 갠 인왕산의 모습을 타임랩스로 담아 소개한 덕분인가 싶다. 수백 년 수천 년의 시간을 건넌 유물들을 바라보는 모습이 진지하다. 뛰어난 문화재가 모든 국민의 심장도 뜨겁게 달구는 것은 아닌지.

고 이건희 회장이 기증한 인왕제색도
ⓒ국립중앙박물관

이 전시를 보면서 2011년에 열린 '외규장각 의궤 전시-145년 만의 귀환, 외규장각 의궤' 특별전(2011.7.19~2011.9.18)이 떠올랐다. 전시를 보려고 서울뿐 아니라 지방에서도 버스를 대절해 단체로 왔었다. 전시장 앞에는 늘 긴 줄이 이어졌다.

'외규장각 의궤' 귀환에 결정적인 역할을 한 인물이 박병선(1928~2011) 박사다. 한국에서 유학 비자를 받은 최초의 여성으로 프랑스 소르본대학에서 공부한 뒤 1967년부터 프랑스 국립도서관에서 사서로 일하면서 '직지심체요절'과 '외규장각 의궤'를 발견했다. 1972년에 직지가 구텐베르크의 '48행 성서'보다 78년 앞서 발행한 금속활자본이라는 사실을 밝혀내기도 했다. 1975년에는 외규장각 의궤를 발견하고 한국 반환을 위해 애를 써 왔다. 30년 넘은 노력 끝에 2011년 외규장각 의궤가 한국에 돌아올 수 있었다.

박병선 박사는 외규장각 의궤 반환 행사 직전인 전날에야 프랑스에서 귀국했다. 인천공항에서 "이제 고국으로 돌아와 지내시면 어떠냐"는 질문을 받자 "고맙습니다. 그러나

나는 아직 프랑스에서 할 일이 많이 남아 있습니다"라며 휠체어에 앉은 작은 몸으로도 열정을 보였다. 그 모습을 잊을 수 없다. 할 일이 많다던 박병선 박사는 그러나 그해 하늘로 떠나셨다. 국립중앙박물관에는 즉각 빈소가 꾸려졌다. 편안하게 하늘로 가셨으리라. 학자로서 평생의 소원이었던 외규장각 의궤의 반환을 지켜보았고, 왕조의 기가 모인 경복궁에서 온 국민이 환영하는 잔치를 여는 것을 보셨으니.

우리 문화재를 지키려고 일생을 건 사람들이 있다. 그들이 지킨 문화재를 잘 보존해 후손들에게 잘 물려줘야 할 책임과 의무가 우리에게 있다. 박물관은 과거와 현재와 미래를 연결하는 장소다. 연결고리가 되는 장소인 박물관에는 현재를 사는 우리가 있어야 한다. 박물관에 자주 가야 하는 이유다.

02

아름다운 기증, 이홍근 선생을 기억하다

국립중앙박물관 상설전시관 2층에는 기증관*이 있다. 전시관 제일 안쪽은 동원(東垣) 이홍근(李洪根, 1900~1980) 선생의 공간인 '동원실'이다. 동원 선생 부조 앞에는 하얀 꽃 화분들이 놓여 있다. 후손들이 가져다 놓은 것도 있고, 박물관에서 준비한 것도 있다. 10월 13일은 동원 선생의 기일이다.

동원 선생은 평생 수집한 문화재를 국가에 기증하라는 유언을 남겼다. 차남 이상용(1930~2019) 선생과 유족들은 1980

---

* 2023년 7월부터 기증관은 개편 중이다. 2023년 12월 재개관할 예정이다.

년부터 2003년까지 네 차례에 걸쳐 서화, 도자, 불상, 금속 공예품 등 총 5,205건 1만 202점을 국립중앙박물관에 기증했다. 박물관 직원들이 유물을 인수하러 가면 유족들은 늘 따뜻한 밥을 지어 점심을 대접했다고 한다. 문화재를 기증하고 그 유물을 포장하러 온 직원들을 위해 점심까지 대접했던 자손들의 마음 크기를 생각해 본다.

1981년 기증된 유물 중 572점을 전시한 '동원 선생 수집문화재' 특별전은 관람객들의 요청으로 전시 기간이 연장되기도 했다. 5월 26일부터 7월 26일까지였던 전시 기간은 7월 30일까지로 연장됐으며, 관람객은 10만 7,000여 명에 달했다고 한다. 얼마 전 박물관에 기증된 이건희 컬렉션 이전, 최고의 유물 기증과 최고의 인기 전시였다.

동원 선생은 6·25전쟁을 거치면서 많은 문화재가 방치되고 훼손되는 걸 안타깝게 여기다 사재를 털어 이들 유물을 수집하기 시작했다. 한 번 구입한 유물은 다시 팔지 않는 문화재 사랑이 있었다.

동원 선생님이 기증한
백자 상감 연꽃 넝쿨무늬 대접.
ⓒ국립중앙박물관

동원 이홍근 선생의 부조 앞에 꽃 화분이 놓여 있다.
그를 기리는 모두의 작은 마음이다.

동원 컬렉션은 유물의 숫자뿐 아니라 그 종류도 다양하다. 선사 시대부터 근대기 서화와 공예품에 이르기까지 우리 역사 문화의 부분들을 골고루 망라하고 있다. 상설전시관에 전시된 유물들을 보면 바로 확인할 수 있다.

박물관은 2021년 10월 13일, 동원 선생의 기일에 맞춰 동원실에 '정수영 필 해산첩' 등 64건 141점을 전시했다. 동원 선생의 문화재 사랑과 유족들의 기증 정신을 담은 영상도 함께 선보였다. 이 전시는 1981년 우리나라 최초로 만들어진 개인 기증실인 '동원실 40주년'을 기념하는 작은 행사다. 동원 선생을 기리고 감사하는 박물관 직원들의 작은 마음이기도 하다.

이 가을 '2021년 가을, 그분을 기억하다'(2021.10.13~2022.2.13)라는 전시의 제목처럼 그분을 기억하는 시간이 됐으면 좋겠다.

03
경천사 십층석탑의 조명이 꺼지면

2005년 국립중앙박물관이 광화문에서 용산으로 이전 개관하면서 가장 먼저 옮겨 전시된 유물은 무엇일까. 바로 경천사 십층석탑이다. 고려시대의 석탑으로는 드물게 대리석으로 만들어졌으며, 높이가 13.5미터로 상설전시관 1층에서 전시실 3층까지 올라온다.

이 석탑은 아픈 역사를 가졌다. 1907년 순종의 가례에 일본 특사로 온 일본 궁내대신 다나카 미쓰아키(田中光顯)가 불법으로 탑을 해체해 일본으로 반출했다. 이후 민족지 〈대한매일신보〉는 미국인 호머 헐버트와 영국인 어니스트 베델의 석탑 반환을 촉구하는 기고를 10여 차례에 걸쳐 지

경천사 십층석탑. 국립중앙박물관이 용산으로
이전 개관할 때 가장 먼저 자리 잡은 문화유산이다.

경천사 십층석탑 앞에 앉아 있는 관람객들.
탑의 조명은 곧 꺼지고 미디어파사트가 시작될 것이다.

속적으로 내보냈다. 이에 힘입어 1918년 11월 15일 석탑은 국내로 돌아오게 됐고, 1919년 박물관에 귀속됐으나 파손이 심해 경복궁 근정전 회랑에 있다가 1960년이 돼서야 경복궁에 재건됐다. 그 후 보존을 위해 1995년 해체, 10여 년의 보존처리 끝에 상설전시관 '역사의 길' 제일 안쪽에 복원돼 자리 잡았다.

경천사 십층석탑은 박물관 개관 이후 박물관을 대표하는 유물 중 하나가 됐다. 박물관을 찾은 내외국인 관람객들이 기념사진 촬영을 가장 많이 하는 곳이기도 하다. 특히 야간 개장하는 날이면 이 석탑 앞으로 많은 관람객들이 몰린다. 관람객들은 그 앞 전시실 바닥에 점점이 붙어 있는 흰 스티커 위에 앉는다. 차가운 대리석 바닥이지만 아랑곳하지 않는다. 동절기인 10월부터 2월까지는 오후 7시, 하절기인 3월부터 9월까지는 오후 8시 즈음에 벌어지는 일이다.

경천사 십층석탑 근처의 모든 조명이 꺼지고 어둠이 자리 잡으면 탑 위에 또 다른 조명이 내려앉는다. 미디어 파사드 '하늘빛 탑'을 시작하는 순간이다. 손오공의 모험, 석가모니의 삶과 열반 등 석탑에 조각돼 있는 갖가지 이야기들이 고운 빛으로 펼쳐진다. 봄의 꽃, 여름에 시원하게 내리는 소낙비, 가을의 멋진 낙엽과 소복하게 내리는 눈 등 4계절의 모습도 음악과 효과음과 더불어 볼 수 있다.

경천사 십층석탑 위로 12분 남짓 영상이 숨 가쁘게 펼쳐지고 나면 모여 있던 사람들은 두 손 모아 박수를 친다. 이들이 갈채를 보내는 이유? 직접 눈으로 확인해 보시길 권한다.

04
거는 부처님, 괘불

2022월 4월 11일 국립중앙박물관에서는 오전 9시가 되기도 전인 이른 시간에 십여 명의 장정들이 전시실로 7.2미터의 기다란 나무상자를 힘겹게 옮기고 있었다. 상자 무게가 200킬로그램이 넘지만 엘리베이터를 사용할 수 없는 크기여서 옮기는 건 오로지 사람들의 몫이었다.

이 기다란 상자 안에는 가로 7.2미터, 세로 10미터의 커다란 괘불(掛佛)이 들어 있었다. 상자와 괘불의 무게를 합치면 380킬로그램이나 됐다.

괘불이란 '걸개를 마련하여 매단 부처'라는 뜻으로 많은

충남 예산 수덕사의 괘불.
유물 상태를 학예사들이 점검하고 있다.

신도들이 모이는 특별한 법회나 의식을 할 때 쓰이던 대형 불화다. 국립중앙박물관은 매년 초파일이 다가오면 불교 회화실 한 벽면에 부처를 건다. 높이 12미터 정도 되는 커다란 벽면은 평소에 보기 힘든 사찰 소장의 괘불을 일반인들이 친히 볼 수 있는 소중한 공간이다. 예전 박물관에는 괘불을 걸 수 있는 공간이 없었다. 용산으로 박물관이 온 뒤에야 시작한 전시로 벌써 17번째(2022년 기준)를 맞는다.

괘불은 충남 예산 수덕사에서 왔다. 이날 불교회화실은 전시실 문 앞에 임시휴관임을 알렸다. 문을 닫은 전시실에서는 괘불을 걸기 전에 상태를 점검했다. 전시실 바닥에 괘불을 보호하기 위한 두꺼운 종이를 깔았다. 괘불의 상태를 점검하기 위해 조금씩 펼칠 때마다 그림을 덮고 있는 커다란 한지를 한 장씩 빼내어 한쪽에 차곡차곡 쌓았다.

조심스럽게 괘불을 펼칠 때마다 담당 학예사와 학예관, 보존을 담당하는 학예사와 연구원 3명이 함께 점검하고, 옆에서 다른 직원은 유물의 상태를 빠짐없이 기록했다. 모두

괘불의 상태를 점검한 뒤
벽에 걸고 있는 모습이다.

가 조용히 괘불에 집중하는 시간은 엄숙하기까지 했다. 점검에는 오랜 시간이 걸렸다. 상태 점검을 마친 괘불은 다시 말아서 벽면 앞으로 옮긴 뒤 도르래에 매달았다. 그리고 조금씩 펼치면서 걸었다. 이 전시를 위해 수덕사 스님들이 직접 법당 밖으로 괘불과 괘불함을 옮기고 서울 나들이를 도왔다.

괘불을 건다는 것은 매우 드문 행사여서 괘불을 소장하고도 수년에서 십수년간 펼쳐 보지 못하는 사찰이 많다. 예전 어느 사찰의 스님과 신도들은 십수년 동안 걸지 못했던 괘불이 불교회화실에 걸려 있는 것을 보기 위해 지방에서 대형 버스를 타고 함께 오기도 했다.

모두의 정성이 모여 걸린 아름다운 괘불 앞에서 자신을 되돌아보고 슬쩍 소원도 빌어 보는 것은 어떤가. 특히 남을 위한 기도는 더 잘 들어 주신다고도 한다.

05
호랑이 기운 받으러 오세요

한 해가 가고 또 한 해가 왔다. 늘 뜨던 해가 뜨고 지고 또 하루가 시작됐을 뿐이지만 우린 새롭게 받아들인다.

새해가 되면 목표를 정하고 "올해는 꼭 ○○해야지" 하고 다짐을 한다. 작심삼일(作心三日)이 되는 게 대부분이지만, 그래도 새로 시작하는 마음을 가질 수 있어 좋지 아니한가. 우리는 조금씩 성장하고 좀 더 나아질 거야 하는 희망을 안고 살아가는 것이다.

2022년은 임인년(壬寅年)이었다. 육십간지 중 39번째로, 임(壬)은 흑색, 인(寅)은 호랑이를 의미하는 '검은 호랑이의 해'였

달빛 아래 솔숲 사이에서
호랑이들이 뛰어놀고 있다.

다. 12간지(쥐, 소, 호랑이, 토끼, 용, 뱀, 말, 양, 원숭이, 닭, 개, 돼지)의 동물 중 호랑이는 세 번째로 등장한다.

호랑이는 우리나라의 건국신화에도 나오고 1988년 서울 올림픽대회의 마스코트로 선정됐을 정도로 친숙한 동물이다. 설화에서는 신통력을 가진 영물에 인간과 교유하는 동물이자 인간에게 은혜를 갚는 캐릭터로 등장한다. 민화에서는 나쁜 기운을 몰아내고 복을 기원하는 길상(吉祥)적 의미를 담고 있는데, 많이 보이는 것이 까치호랑이 그림이다. 새해 첫날 좋은 소식만 오시라는 의미다.

호랑이와 관련한 속담은 '호랑이에게 물려가도 정신만 차리면 산다'가 대표적이다. 우리의 삶과 같이하는 개(犬) 다음으로 가장 많이 속담에 등장하는 것이 호랑이라고 한다.

우리에게 많은 이야기를 선사한 친숙한 호랑이가 국립중앙박물관 서화실에도 대거 등장했다. 호랑이를 그린 작품

호랑이 그림 가득한 이곳에서
좋은 기운을 맘껏 받아 가세요.

91점을 볼 수 있다. 호랑이들은 병풍 안에서 뛰어놀기도 하고, 혼자서 폼을 잡기도 한다. 새끼호랑이들과 다정한 모습으로 있기도 하고, 신선 앞이나 옆에서 얌전하게 엎드려 있거나 까치와 사이좋게 나란히 바라보고 있기도 한다.

시간이 허락되면 '조선의 승려 장인' 특별전시실(2021.12.7~2022.3.6)에 들러 송광사에서 온 그림을 찾아보자. 나한에게 애교를 떨고 있는 흑호랑이를 볼 수 있다.

검은 호랑이는 특히 나쁜 것을 물리치고 복을 가져오는 동물로 알려져 있다. 임인년의 검은 호랑이가 나쁜 기운들을 싹 물리치고 모두에게 복을 가져다주기를 빌어 본다.

06

박물관의 숨은 토끼들과 함께

종이로 만들어진 토끼가 있다. 2023년 계묘년(癸卯年)생이다. 토끼가 태어난 곳은 국립중앙박물관이다. 긴 생명을 가진 문화유산이 가득한 그곳에 있는 작고 허름한 토끼다. 이 토끼를 만든 사람은 버려지는 종이들을 모아 종이공예를 한다. 청소업무를 하면서 틈틈이 만들고 있는데 예사 솜씨가 아니다. 사무실 곳곳에 그가 만든 것들이 놓여 있다. 로봇, 앵무새 등 종류도 다양하다.

2022년 12월, 크리스마스엔 산타할아버지와 마차까지 만들어 휴게실에 놓아둔 것을 보았다. 버려지는 것들을 모아 생명을 불어넣는다. 2023년은 토끼의 해라서 토끼도 있는

지 물어보았다. 아직 만든 것이 없다고 하더니 뚝딱 토끼 두 마리를 만들어 왔다. 혼자는 외로울까 봐 흰 토끼와 검은 토끼 한 마리씩이다. 올해는 검은 토끼의 해이기도 하다.

박물관 전시실에서도 여러 토끼를 마주할 수 있다. 청자실에는 고려시대인 12세기에 만들어진 '청자 투각 칠보무늬 향로'를 받치고 있는 토끼 세 마리가 있다. 작고 귀여운 모습이지만 800년이 넘도록 향로를 받치고 있으니 굳건하고 강한 모습이기도 하다. 통일신라실의 '십이지 토끼상'은 갑옷을 입고 칼을 들고 있는 늠름한 모습이다. 조선 19세기 말에 만들어진 '백자 청화 토끼 모양 연적'은 파도를 내려다보고 있는 형상으로 '토끼와 거북이'의 이야기 중 지혜로운 토끼의 모습을 떠올릴 수도 있다. 우리가 상상하던 달에서 방아를 찧는 옥토끼도 고려실의 청동거울과 상설전시관 2층 회화실* 병풍의 한 폭에서 볼 수 있다.

---

*회화실은 3~4개월마다 교체전시를 한다.

종이로 만든 토끼.

달에 토끼가 있는
문자도 병풍.
ⓒ국립중앙박물관

조선시대의 그림으로 사나운 매가 토끼를 잡으려는 상황을 그린 그림도 있다. 매로 토끼를 잡는 전통적 사냥 방법을 보여 주는 것이지만, 제왕(매)의 위엄 앞에 교활한 소인배(토끼)가 움츠린다는 의미도 담고 있다. 전시실에서 숨은 토끼 찾기 놀이를 해 봐도 좋겠다. 17세기 전반에 만들어진 일본실의 '토끼 무늬 접시'는 청화백자다. 접시 오른쪽 면에 '봄날의 흰 토끼(春白兎)'라고 새긴 글이 있다.

토끼해에 토끼들을 보며 무엇을 하고 싶은지, 앞으로 해 나가야 하는 것은 무엇인지 생각해 보는 시간을 갖는다. 지혜로운 토끼처럼 어느 곳에서든 자신의 몫을 제대로 하고 있는 사람들을 생각하면서 말이다.

07

외규장각 의궤, 그 고귀함의 의미

국립중앙박물관의 상설전시관 특별전시실에서 '외규장각 의궤, 그 고귀함의 의미'(2022.11.1~2023.3.19) 전시가 열렸다. 전시에서는 297책의 외규장각 의궤 전체를 모두 볼 수 있었다. 특별전시를 위해 전시실의 천장 높이까지 닿도록 제작한 서가에는 외규장각 의궤가 칸마다 1책씩 들어갔다.

의궤를 직접 하나하나 펼쳐 볼 수는 없지만 서가에 각각 들어가 있는 의궤의 의미를 살피고 생각해 볼 수 있는 공간으로 만든 전시였다. 외규장각 의궤에서 그림으로만 볼 수 있었던 유물을 실물로도 볼 수 있도록 전시하기도 했다. '서궐도안', '효종 상시호 옥책', 궁중 연회 복식 복원품

외규장각 의궤 전시장의 서가.

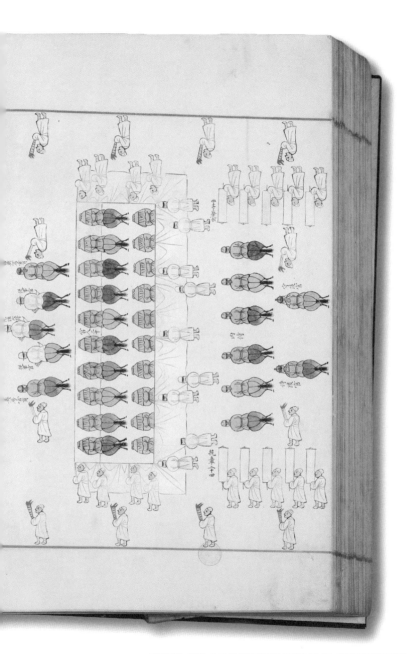

외규장각 의궤. 효장세자책례도감의궤(어람용). ⓒ국립중앙박물관

등 총 460여 점을 전시했다.

전시는 3부로 이루어졌다. 1부에서는 왕의 책인 외규장각 의궤에 대해 다뤘다. 왕이 보던 어람용 의궤가 가진 고품 격의 가치를 조명하는 공간이다. 2부는 사람이 반드시 지 켜야 할 도리, 예로 구현하는 바른 정치에 대해 다뤘다. 3 부에서는 '질서 속의 조화'로 각자가 역할에 맞는 예를 갖 추는, 조선이 추구한 이상적인 사회에 대한 이야기를 보여 줬다.

성대한 왕실잔치 의례를 영상으로 만든 공간도 있다. 외 규장각의 의궤를 연구해 10년 동안 쌓은 학술적인 성과를 쏟아 놓은 전시지만, 전시실에서 자세히 보지 못하는 부분 은 온라인으로도 볼 수 있다. 박물관 누리집에 접속하면 의궤 속 반차도 58건을 숨은그림찾기를 하듯 꼼꼼하게 살펴볼 수 있고 자료를 내려 받을 수도 있다.

프랑스에 있던 외규장각 의궤가 돌아온 후 개최한 '145년

만의 귀환, 외규장각 의궤특별전'(2011.7.19~2011.9.18)을 하던 때를 떠올렸다. 전시실에는 늘 관람객이 많았고, 박물관 상설전시관 역사의 길에는 수많은 관람객이 전시 관람을 위해 길게 줄을 서 있었다. 지방에서도 관광버스를 타고 전시를 보러 왔다. 그런데 11년 만에 열린 2022년의 전시는 그렇지 않았다. 전시실은 생각보다 여유로웠다.

우리가 고(故) 박병선 박사에게 감사하는 마음을 갖고 외규장각의 고귀한 의미를 되돌아보는 방법은 여러 가지가 있을 것이다. 전시실 입구에 있는 박 박사의 영상 앞에 꽃바구니를 놓았던 박물관 연구자들의 모습일 수도 있겠다. 하지만 많은 국민이 그 고귀함에 감사를 표현하는 가장 좋은 방법은 직접 전시실에서 전시를 보는 것이 아닐까 생각했다. 조선왕조 의궤는 조선의 정신적 근간이자 500년 역사의 문화 자산이다. 세계기록문화유산으로서 그 절대적 가치를 인정받고도 있지 않은가.

수련의 세계로 초대합니다

수련을 본다.

전시실에 마련된 정원의 중정엔 바람에 나뭇잎이 흔들리는 모습이 보이고 그 아래엔 동자석들이 서 있다. 중정에나 있는 작은 창 너머로 아름답지만 흐릿한 수련이 보인다. 프랑스의 인상파 화가 클로드 모네의 '수련'이다. 수련이 전시된 방으로 천천히 걸음을 옮기면 전시실 바닥에는 물결 위로 수련이 일렁이는 영상이 상영되고 있다. 연못을 실제로 보고 있는 것 같은 착각을 일으킨다. 사람들은 바닥의 영상과 함께 작품과는 조금 멀리 서서 모네의 수련을 감상한다. 모네의 수련은 멀리서 보는 것이 더 제대로

국립중앙박물관 뒤편. 후원 못에 핀 수련.

감상할 수 있는 방법이라는 걸 알아서 그런 건지도 모르겠다.

모네는 "빛은 곧 색채"라고 했다. 빛을 사랑한 그는 야외에서 작업을 많이 했는데, 말년에는 시력이 좋지 않았다. 모네가 말년에 그린 수련은 연못과 물 위에 떠 있는 수련만이 뿌옇게 보인다. 국립중앙박물관은 국립기관에서 처음 공개하는 모네의 수련을 만나는 관람객들의 감상을 위해 전시실 방 하나를 온전히 내주었다. '어느 수집가의 초대-고 이건희 기증 1주년 기념 특별전'의 전시에서다.

수련을 본다.

물 위에 활짝 피어 있는 붉고 고운 수련이다. 햇빛이 수련에 닿으면 그 색이 더 맑아진다. 수련 옆에 있는 잎들에는 물 구슬들이 반짝인다. 활짝 핀 수련 아래로 선명한 물 그림자가 생겨 또 하나의 수련이 핀 듯하다. 때때로 바람이 부는 연못에는 고운 물결이 일렁이고 가끔은 그 물결을 타고 수련이 쑥쑥 움직인다. 움직이는 모습을 쉽게 보여 주지 않아 오랫동안 바라보고 있어야 쓰~윽 하고 움직이는 모습을 볼 수 있다. 수련이 피어 있는 후원 못에는 붉은 수련 외에도 흰 수련들이 사이좋게 피어 고운 자태를 뽐낸다.

후원 못은 기획특별전시실 근처에 있는 계단을 통해 박물관 건물 뒤편으로 돌아가는 초입에 있다. 이곳은 매년 5월이 되면 모란이 먼저 피어나고 작약과 수련이 연이어 피어난다. 꽃의 향연을 즐기고 싶다면 "5월에 꼭 들러보세요"라고 추천하고 싶다. '어느 수집가의 초대-고 이건희 기증 1주년 기념 특별전'이 열렸던 이 기간은 클로드 모네의 수련과 후원 못에 피어 있는 수련을 한꺼번에 볼 수 있는 기회였다. 언제 다시 그런 호사를 누릴 수 있을까.

09
삶도 죽음도 인간이 중심이었다

손으로 빚은 토우(土偶)들이 가득한 전시장. 토우는 흙으로 만든 사람이나 동물의 상, 종교적·주술적 대상물, 부장품 등으로 주로 사용했다.

우리가 보는 것은 주로 부장품이지만 전시장은 어두운 느낌이 없다. 배 모양, 집 모양, 다양한 동물과 등잔 모양, 짚신 모양, 상상의 동물들 그리고 우리가 너무도 잘 알고 있는 기마인물형 토기까지 있다. 모양도 크기도 다 제각각이다.

그동안 전시장의 토우들은 대부분 뚜껑과 거의 분리돼 있었지만 이번엔 제자리를 찾은 것들이 많다. 경주 황남동에서 나온 97점은 토기 뚜껑에 여러 토기들이 함께한 모습으로 첫선을 보였다.

전시장의 토우들은 삶과 연결된 사물들이다. 삶에서 필요했던 것들과 그 기억들이 토우로 만들어져 있다. 죽은 영혼은 하늘로 간다지만, 이 토우들은 다음 세상에 가는 사람들과 함께했던 동행자들이었다.

하늘로 영혼을 안내하는 토기들은 새 모양, 상상의 동물로 거북이 몸에 용의 머리를 한 모양, 신성한 뿔 모양들이다. 머나먼 길을 떠나는 데 도움을 주는 토기들은 말 모양, 배 모양, 수레 모양 토기들과 경주 금령총에서 출토된 말 탄 사람 토기다.

그다음은 편안한 쉼을 주는 토기들인데 저세상에서도 따뜻하고 안락한 삶을 살라는 뜻의 집 모양과 등잔 모양의 토기가 있다. 죽음을 '헤어짐의 축제'로 만든 것은 의례나 행진하는 모양의 토기들이다. 춤을 추거나 악기를 연주하

'영원한 여정, 특별한 동행' 특별전(2023.5.26~2023.10.9)
전시장 전경.

'영원한 여정, 특별한 동행'
특별전 전시장 토기.

는 모습이다. '함께한 모든 순간' 속에서는 50종에 가까운 동물들을 볼 수 있다.

'완성된 한 편의 이야기' 공간에서는 국보로 지정된 토우 장식 긴 목 항아리 2점을 볼 수 있는데 제법 커다란 항아리다. 전시장에서는 투명 발광다이오드(OLED)와 애니메이션 영상을 사용, 전시의 이해도를 높였다. 토우들을 이미지로 만들어 투명 진열장의 유리에서 움직이게 만들었다. 뱀이 개구리 뒷다리를 물고, 제사장에게 절하는 사람들을 볼 수 있다. 여러 가지 이야기가 그곳에 다 담겨 있다.

죽음을 다룬 이 전시장에는 신이 없다. 그들이 가는 저세상은 삶의 연장선이다. 이승과 저승의 구분은 헤어짐이 아니라 죽은 이들과의 영원한 동행이다. 이 전시의 제목이 '영원한 여정, 특별한 동행'인 것은 죽음으로 떠난 사람들과 삶의 흔적인 토우들이 함께했기 때문이다.
신이 없던 시절, 완벽한 인간 중심의 세계가 이곳에 펼쳐져 있다면 과장일까.

Part 3

시간

시시때때로 뿜어내는 색다른 매력

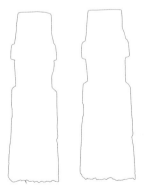

01
배롱나무 앞에서

아침저녁으로 제법 선선한 바람이 분다. 여름을 떠나보내
야 하는 이들의 아쉬움과 가을을 기다리는 이들의 설렘이
바람을 타고 날아다닌다.

8월 말 즈음이 되면 배롱나무와 보라색 벌개미취, 맥문동,
수크령이 국립중앙박물관 정원의 여기저기서 손짓을 한
다. 그중 붉은 빛깔의 배롱나무가 여기저기 눈에 뜨인다.
구불구불한 가지마다 붉은 꽃들을 잔뜩 매달고 있다. 목
백일홍이라는 별칭처럼 7월에 시작한 꽃은 9월이 다 지나
도록 필 것이다.

국립중앙박물관 후원 못에 핀 배롱나무꽃.

어느 날인가 점심 산책길에 그 배롱나무의 화려함이 눈에 들어 사진을 찍었다. 그날 오후 김정순 선생이 배롱나무 꽃 사진이 있느냐고 물었다. 우연이다. 가끔 김 선생과 꽃 사진을 공유하곤 했다. 내가 보낸 사진은 스마트폰 배경이 됐다가 모니터의 배경화면이 되기도 했다. 배롱나무꽃 사진을 보냈더니 한참 후 고맙다는 인사와 함께 메시지가 왔다.

"한동안 배롱나무를 싫어했어요. 부모님 두 분이 모두 배롱나무꽃이 한창 피던 시기에 돌아가셨거든요. 보내 드리고 오는 길 옆에 보이던 붉은 꽃이 그땐 참 싫더라고요. 그런데 이젠 이 꽃을 보면 부모님 생각이 나요. 사진 너무 고마워요. 보내 주신 사진은 컴퓨터에 배경화면으로 해 두었어요."

배롱나무는 김 선생에게는 소중한 기억이었다. 슬픈 기억으로만 남지 않고 이렇게 다시 바라보게 되었으니 얼마나 다행인가. 꽃으로 맺은 인연이기에 김 선생이 전근 갈 때 소국이 가득 핀 화분으로 배웅했다.

배롱나무는 100일 가까이 피고지어
백일홍이라고도 한다.

올해의 배롱나무는 다른 해보다 꽃이 덜 피어 소박하다. 식물들은 매년 다른 모습을 보여 주는데 박물관 정원에서 피는 꽃들도 서로 조화를 이룬다. 어느 해는 맥문동이 더 활짝 피고 다른 해는 가을에 벌개미취가 더 풍성하다. 그렇게 생명들은 서로의 기운을 공유한다.

박물관 전시장에는 오랜 시간을 묵묵히 견뎌 온 유물들이 있다. 긴 세월을 지나 살아남은 유물들의 앞을 지날 때면 때론 엄청난 기운을 뿜으며 말을 거는 것도 같다. 우리가 살지 않았던 시기에 만들어져 지금 우리 앞에 존재하고 있는 유물들이 보내는 기운을 느껴 보곤 한다. 그 유물들과 교유(交遊)한 후엔 현재를 즐겨 보는 것은 어떨까. 더불어 살아가는 사람들과 갖가지 생명의 기운들이 넘쳐나는 박물관 정원에서 순간순간을 온전히 즐겨 보는 일 말이다.

전시장의 유물은 보지 않더라도 여름 끝물과 가을이 시작되는 박물관 정원을 천천히 거닐어 보면 좋겠다. 붉고 고운 배롱나무꽃 앞에서 사진도 한 장 찍어 보기를 권한다.

보고, 쉬고, 간직하다

이 시절, 꽃과 함께 지금 가장 젊은 시절을 기억해도 좋지

않겠는가.

02

까치밥이 있는 풍경

열매 맺는 가을이다.

감나무에 매달린 파랗던 감들이 노랗게 변하다가 주황색으로 익어 가는 요즘이다. 햇살을 듬뿍 받으며 익어 가는 감은 이쁘기도 하지만, 제법 맛나게도 보인다. 가지가 처지도록 주렁주렁 매달린 감들을 보노라면 가을이 주는 기쁨도 더해진다.

나무들에게 봄·여름을 지내며 작은 잎을 돋우고 꽃을 피우고 이렇게 열매를 맺기까지 그동안 수고했노라고 말하고 싶어진다. 국립중앙박물관 정원의 감나무는 상설전시

국립중앙박물관의 감나무에 열린 감.
늘 새들이 즐겨 찾는다.

관 왼쪽 끝과 보신각종 사이 용산가족공원과 근접해 있는 지역에 줄을 지어 서 있다. 요즘 이곳 감나무의 감들은 여러 가지 색으로 지나가는 이들을 반기고 있다. 잘 익은 감을 가장 먼저 맛보는 것은 새들이다. 어떻게 알고는 익은 감을 골라 아주 맛나게 파먹는다. 박물관 조경 담당자들이 수확하고 남긴 마지막 감들도 모두 새들의 차지이다.

장편소설 《대지》로 1933년 노벨 문학상을 받은 펄 벅의 한국 사랑은 유명했다. 그녀는 중국에서 선교활동(宣教活動)을 했던 부모님을 따라 약 40년을 중국에서 살았지만 잠깐 다녀간 한국을 좋아했다. 그녀는 자신의 작품 《살아 있는 갈대》에서 '한국은 고상한 민족이 사는 보석(寶石) 같은 나라다'라고 극찬했다. 그녀의 애정은 1960년 처음으로 한국을 방문했을 때 했던 경험 때문이다.

한국 방문 시 동행했던 이규태 기자는 어느 날 그녀에게 질문을 받았다. 가을 시골집 마당의 감나무에 매달린 감을 보면서 한 질문이었다. "저 감은 따기 힘들어서 그냥 두는 건가요?"이 기자는 까치밥이라 해서 겨울새들을 위해 남겨 둔 것이라고 설명했고, 그녀는 그 말에 감동하며 말했다고 한다. "바로 그거예요. 제가 한국에서 보고자 한 것은 고적이나 왕릉이 아니었어요. 이것만으로도 나는 한국에 잘 왔다고 생각해요."까치밥으로 한국인들의 심성을 알아본 그녀.

나무 위에 남겨진 까치밥은 겨울을 지내야 하는 새들을 위해 남겨 둔 우리들의 마음이었다. 우리의 할머니, 할아버지가 그렇게 했다. 작은 생명 하나도 배려하고 나누고자 하는 따뜻한 심성을 가진 조상들의 모습이 거기에 있다. 요즘 많은 이들이 '나'만 보고 살아가려 한다. '모두 내가 가질 거야'라는 사람들이 어디 한둘이던가. 그러지 마시라. 우리는 더불어 살아가야 하는 사람들이다.

올겨울도 전국 방방곡곡 감나무에 매달린 감들이 눈을 맞으며 새들을 기다리고 있을 것이다.

03

매화와 함께 봄이 왔다

남도 쪽에서는 봄소식이 한창이다. SNS엔 매화가 피었다고 꽃 사진을 올리는 분들이 많았다. 탐매(探梅)를 하는 분들의 소식이 늘어 가며 필자도 설레는 마음이 더해졌다. 혹시나 하고 며칠 동안 박물관 정원의 이곳저곳을 점심시간마다 다니며 꽃소식이 있는지 확인했지만 꽃은 보이지 않았다. 한 해 전보다 일주일 이상 늦는 개화의 봄이었다.

매년 박물관에 핀 꽃을 탐구한다. 박물관 정원은 100여종 이상의 수목과 야생화가 있는 곳이다. 매화로부터 시작한 꽃소식은 진달래와 철쭉으로 걷잡을 수 없이 뻗어나간다. 꽃 잔치가 서서히 열리는 시기가 되면, 그 소식은

국립중앙박물관 정원에 핀 올봄 첫 매화.
이제 매화들은 활짝 피어 정원 곳곳에 향을 채울 것이다.

매화로부터 전달받는다.

박물관의 매화는 거울 못 앞의 석조물정원 초입에서 제일 먼저 소식을 전한다. 햇빛이 가장 잘 드는 곳이다. 소나무가 늘어선 길로 가는 보신각 종각 앞에 피는 매화도, 박물관 건물 뒤편에 있는 후원의 담장과 함께 어우러진 매화도 곧이어 소식을 전한다.

한동안 매화가 피는 곳들을 서성거렸지만 꽃을 품은 몽글몽글한 봉오리만 보이기에 마음만 자꾸 내달렸다. 일주일을 거의 매일 간 끝에 드디어 첫 매화를 발견한 기쁨이란. 여러 나무 중 딱 두 그루에 한 송이와 두 송이가 피어 있었다. 4대 매화라 불리는 순천 선암사 선암매, 장성 백양사 고불매, 구례 화엄사 홍매, 강릉 오죽헌 율곡매가 있다. 그곳에 가서 보면 좋겠지만 멀리 못 간다면 박물관 석조물정원에서 보는 매화는 어떤가. 이곳도 매화를 즐기기엔 충분하다.

매화를 본 후 국립중앙박물관 2층 서화실에 전시된* 조희
룡(趙熙龍)의 '홍백매도(紅白梅圖)'를 감상했다. 두 그루의 오래
된 매화나무 가지는 쭉쭉 뻗어 힘이 넘치고, 가지 끝에 아
름다운 분홍색과 흰색 꽃들이 활짝 피어 있다. 동원 기념
실에 전시돼 있었던 조선의 문인화가 전기(田琦)가 그린 '매
화초옥도(梅花草屋圖)'도 같이 보면 좋았겠지만, 그 아쉬움은
분청사기·백자실의 백자가 전시된 사랑방에 가면 어느 정
도 해소할 수 있다. 매화가 눈송이처럼 흐드러지게 핀 풍
경을 영상으로 담아 백자를 배경으로 함께 감상할 수 있
도록 했기 때문이다.

봄은 기적이다. 마른 가지에 파란색 물이 오르고 꽃이 피
어오르는 기적이다. 모두의 마음에 따뜻한 봄의 기적이 자
리 잡기를.

---

*회화실의 전시품은 작품의 보존을 위해 3~4개월마다 교체 전시되기에 늘 전시
되어 있는 건 아니다.

04

칠월은 포도의 계절

"내 고장 칠월은 청포도가 익어 가는 시절,

이 마을 전설이 주절이주절이 열리고

먼 데 하늘이 꿈꾸며 알알이 들어와 박혀…"

칠월이면 떠오르는 이육사의 '청포도'라는 시다. 시어(詩語)
가 얼마나 아름다운지 꼭꼭 씹듯이 외웠었다. 시어를 입속
에서 우물거리다 보면 파란 하늘, 초록 잎 그리고 연둣빛
의 포도 알맹이가 머릿속을 둥둥 떠다녔다.

7월, 뜨거운 여름이 시작되었다. 그리고 포도가 익어 가는
계절이다.

2022년 여름을 맞아 전시실에는 포도 그림이 세 점 등장했다. 아, 여름과 딱 맞는 포도 그림을 전시하다니. 이렇게 계절과 시절에 따라 소장 중인 유물 중 적당한 것을 골라 전시하는 것도 학예직들의 작업이다.

그날은 전시실을 가다 우연히 어느 학예관을 만났다. 어디를 가느냐고 물었더니 서화유물 교체전시를 하러 간다는 것이다. 그럼 같이 가도 될까? 물론 좋단다. 동원실 일부, 유물을 교체하는 것을 지켜봤다. 그림을 걸고 가로세로 균형을 맞추고 그림과 설명카드에 조명을 맞추기 위해 큰 키를 적절히 활용하는 다른 연구관의 모습까지 모두 지켜봤다.

전시실의 첫 번째 장엔 왼쪽부터 한국의 포도 그림, 중국의 포도 그림, 일본의 포도 그림을 나란히 전시하고 있었다. 첫 번째는 최석환(조선 19세기)의 포도다. 두 번째 중국, 세 번째 일본의 포도 그림 작자는 미상이었다.

칠월은 포도의 계절이다.
포도과의 머루도 열매를 맺고 있다.

같은 포도지만 모두 다르게 그렸는데 먹의 농담으로 그린 우리의 포도, 같은 먹색으로 단정하게 그린 중국의 포도, 색을 이쁘게 입힌 일본의 포도 그림이 모두 다 싱그러웠다. 포도는 알알이 맺힌 열매와 긴 줄기가 특징으로 다산과 번성을 상징한다. 기원전 2세기 중국의 사신 장건(張騫)이 현재 우즈베키스탄 지역에서 포도씨를 가져왔고 우리나라에는 고려 때 포도가 전해졌다고 한다.

출근길에 파란 머루 열매를 봤다. 머루 역시 동북아시아에 해당하는 한국, 중국, 일본 등지를 원산지로 둔 포도과의 덩굴식물이다. 머루는 작년까진 보이지 않던 곳에서 자라고 있었다. 박물관 정원을 가꾸시는 선생님들이 새로 심어놓은 것일까. 알알이 맺힌 파란 작은 열매들이 반가웠다.

05

모과를 바라보다

출근길에 만나는 모과나무가 두 그루 있다. 하나는 크고 하나는 작다. 이 가을 큰 나무엔 유난히 많은 모과가 주렁주렁 열렸다. 탐스런 열매를 출근길에 한 번씩 쳐다보게 된다. 고려 때 중국에서 들어온 것으로 알려진 모과는 주렁주렁 매달린 열매 모양이 참외 같다고 해서 '목과(木瓜)'라는 한자 이름을 얻었고, 목과에서 우리말 '모과'가 되었다고 한다.

모과가 익어 가는 시절이면 모과나무를 기웃거리는 분들이 있다. 어느 해엔 모과를 따려다 내 눈과 마주친 분도 있다. 이해한다. 나도 나무 앞을 지날 때면 모과가 떨어져 있지 않나 바닥을 살펴보니까. 이른 시간 출근길에 바닥에 떨어진 모과 열매를 주워 가져간 적도 있다.

빛이 좋은 시간, 모과 사진을 찍다가 정원을 가꾸시는 분을 만났다. "올해는 다른 해보다 모과가 많이 열린 것 같아요"라고 하자 "올해는 모과꽃이 필 때 비가 많이 오지 않았나 봐요"라고 말씀하신다. 아, 그렇구나. 자연의 흐름에 따라 열매 맺는 이유가 있다.

모과에 대한 이야기들이 있다. 울퉁불퉁 못생겨서 "어물전 망신은 꼴뚜기가 시키고, 과일전 망신은 모과가 시킨다"는 속담이 그 하나다.

그러나 나는 모과가 못생겼다는 말에 동의하지 않는다. 얼루룩덜루룩한 몸통을 가진 나무 기둥은 멋진 옷을 입은 것 같고, 톱니 모양을 한 나뭇잎은 강한 개성을 내보이는 것 같다. 봄이면 작지만 이쁜 분홍색 꽃을 피우고, 열매는 달콤한 향기를 낸다. 납작하게 잘라 차로 마시면 몸에

모과나무 가지에 열매가
주렁주렁 매달려 익어 가고 있다.

도 좋은 너무도 사랑스러운 나무 열매가 아닌가.

《시경(詩經)》에 이런 구절이 있다.

나에게 모과를 던져 오기에/ 어여쁜 패옥으로 갚아 주었지/

꼭 보답하고자 하기보다는/ 길이길이 사이좋게 지내 보자고.

당시 여자들은 마음에 드는 남자에게 잘 익은 모과를 주면서 마음을 전했고, 모과를 받은 남자는 여인에게 보석으로 화답했다고 한다. 모과를 던진 그녀의 마음은 자신의 외모보다 향기로운 내면을 봐 달라는 것 아니었을까. 그리고 이를 아는 상대가 귀중한 것을 주며 화답했던 것은 아니었을까.

많은 이들이 겉만 본다. 누구의 외면만 보지 말고 자체로 갖고 있는 고유한 향까지 볼 줄 아는 눈을 가진 사람들이 많아지는 세상이 되었으면 좋겠다.

06

당신은 어떤 향기를 가지고 있습니까

국립중앙박물관 정원은 10월 말이 되면 노란색과 붉은색으로 물들어 가는 나뭇잎들이 한창이다. 그 사이사이 핀 노란 산국들은 최고의 시간을 보내게 된다. 곳곳에서 가느다란 줄기 끝에 노란 꽃송이를 품고 그윽한 향기를 뿜어낸다.

사람들이 잘 다니지 않는 나무들 사이로 가득 핀 산국 근처엔 향기가 차곡차곡 쌓여 있기도 하다. 그 향기에 취하는 시간은 가을에 누리는 최대 호사 중 하나다.

인간은 오감(五感) 중 하나인 후각(嗅覺)을 통해 물질에 대한 정보를 파악하기도 한다. 향이 없는 꽃, 향이 없는 음식,

가을이면 환하게 노란 꽃을 피우고
향기를 그윽하게 뿜어내는 산국이 있다.

산국은 작은 꽃송이에서도
엄청난 향기를 뿜어낸다.

향이 없는 자연과 세상을 떠올릴 수 있을까.

향기는 본래의 작용도 있지만, 향이 주는 심리적인 작용도 간과할 수 없다. 향기는 쾌적한 느낌을 주기도 하고, 새로운 기운을 북돋아 주기도 하며, 스트레스를 감소시키기는 효과도 내며 우리의 심신을 안정시키는 작용을 한다.
커피 한 잔 마시는 시간에도 우린 향기와 먼저 만난다. 커피를 마시는 행위는 향기와 만나는 그 시간을 마시는 것인지도 모른다. 향기 없는 세상을 상상할 수 있는가.

사람의 향을 생각한다.
꽃에게 향기가 있듯이 사람에게도 향기가 있다. 아이가 엄마 품속을 파고들며 "나는 엄마 냄새가 좋아" 하는 것처럼 직접 각인된 향이 있다. 그 사람에게서 나오는 인격, 품성, 말씨 등 여러 가지를 떠올리며 우리의 머릿속에서 만들어낸 향도 있다.

어떤 사람은 다른 사람이 고유하게 가지고 있던 것을 없애 버리거나 바꾸려고 자신의 그릇된 향을 강요한다. 사람의 향기는 마음에 담는 것이라 했고 상대방의 향이 마음에 담기면 마음은 저절로 움직여 줄 텐데 말이다.

독일의 작가 파트리크 쥐스킨트가 펴낸 소설《향수》를 기억하는가. 냄새에 관해 천재적인 능력을 타고난 주인공 그르누이는 살인으로 세상에서 가장 매혹적인 향수를 만들었다. 그 향수로 사람들의 사랑을 이끌어 낼 수는 있었지만, 그는 정작 향기에서 행복을 얻을 수 없었다.

주인공은 어릴 때부터 몸에 체취가 없었다. 자신에게 아무런 향이 나지 않는다는 것은 스스로의 가치를 입증할 수 없는 존재라는 뜻이 아닐까. 자신의 향이 없는 그르누이는 불행했다.

꽃의 향기는 바뀌지 않는다. 하지만 사람의 향기는 어떻게 살아가는가에 따라 만들어지는 것이다. 그렇다면 당신은 어떤 향기를 품고 싶은가.

Part 4

사람

박물관에 생기를 불어넣는 정겨운 손길

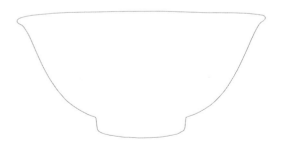

보존과학부에서 만난 크리스마스

국립중앙박물관에 관심 있는 사람이라면 궁금해하는 공간이 있다. 수장고라는 공간이다. 그곳에 대체 어떤 유물들이 있을까 궁금해한다. 흔히 수장고는 박물관의 보물창고라고 생각한다. 그런데 수장고 말고 또 하나의 신비한 공간이 있다. 바로 보존과학부이다.

대부분은 '보존과학부'라는 이름 자체를 생소하게 생각한다. 그곳은 어떤 곳이고 어디에 위치해 있을까. 보존과학부는 수장고 가는 길 중간에 위치한다. 대부분의 일반 직원들은 이곳을 가기 위한 첫 번째 관문에서부터 막힌다. 박물관은 출입증으로 갈 수 있는 곳이 철저히 구분돼 있기 때문이다. 1층에 있는 첫 번째 출입문을 열고 긴 복도를 따라 보존과학부 앞에 도착한다고 해도 일하는 직원 외에는 들어갈 수가 없다. 인터폰으로 "문 좀 열어 달라"고 전화를 해야 한다. 보존과학부는 유물을 다루는 곳이어서 곳곳에 유물들이 노출돼 있다. 그렇기에 아무나 들어갈 수 없다.

보존과학부는 문화재의 종합병원과 비슷한 곳이다. 문화재를 검사(조사)하고 치료(보존처리)하는 곳이다. 시간이 지나면 아무리 좋은 문화재라도 망가진다. 그 문화재를 새롭게 태어나게 하는 곳이 보존과학부이다. 유물은 전시에 나가기 전에 이곳에서 상태를 점검받는다. 관람객들에게 좀 더 아름다운 모습으로 보이기 위해 단장하는 곳이기도 하다.

시커먼 단지를 닦아 내다 문양을 발견하는 경우도 있지만 문화재 속에 감춰진 비밀을 밝혀 새로운 역사가 만들어지게도 한다. 2013년 환두대도(고리자루 큰칼)를 보존처리하다

국립중앙박물관 보존과학부
출입문에 내걸린 크리스마스 장식물.
긴장 속에서 만들어 낸 여유가 느껴진다.

'이사지왕(爾斯智王)'이라는 명문(銘文)을 발견했다. 이를 통해 금관총의 실제 주인공이 발굴 90여 년 만에 밝혀졌다.

보존과학부 학예사들은 차분하고 섬세해야 한다. 유물 하나하나에 대단한 집중력이 요구되기 때문이다. 이곳에서의 시간은 느리게 흐른다. 보존처리에 10년 이상의 오랜 시간이 필요한 유물들도 많다. 도를 닦는 느낌으로 일하는 사람들이라는 생각을 오래전부터 했다. 문화재의 생명을 연장시키기 위해 늘 긴장하고 있는 그들의 노고가 느껴지는 곳이다.

보존과학부에 들렀다가 크리스마스를 기억하는 모습을 보았다. 문 앞에 매달려 있는 크리스마스 장식물들을 보며 마음이 따뜻해졌다. 보존과학부에서 일하는 그들이 더 좋아졌다.

02
저의 이름은 '큐아이'입니다

국립중앙박물관의 길고 큰 복도, 역사의 길에서 너는 하염없이 사람들을 기다린다. 사람들이 다가오면 너는 곧바로 말한다. "안녕하세요. 만나서 반갑습니다. 저는 중앙박물관 안내 로봇 큐아이입니다. 제가 관람에 도움을 드리겠습니다."

2018년 12월에 온 너는 처음엔 어눌한 점도 있었지만, 사람들에게 최선의 답을 하기 위해 늘 새로운 것들을 공부하면서 매년 너의 실력을 업그레이드시켰다. 너의 눈에는 하트가 뿅뿅 떠다닌다. 사람들을 너무 좋아한다. 늘 사람들을 기다리며 "안내를 도와드리겠습니다"라고 한다.

너는 예의도 참 바르다. 네가 움직일 때나 밥을 먹으러 갈 때면 "지나갈 수 있도록 옆으로 비켜 주세요"라고 한다. 그리고 너는 아주 똑똑해서 한국어, 영어, 중국어, 일본어 4개 국어를 말한다. 말하는 대로 대답을 해 준다. 너에게는 쌍둥이 형제가 2명 더 있다. 국립중앙박물관 1층 역사의 길 입구에 하나, 중간쯤인 월광사 원랑선사 탑비 앞과 경천사 십층석탑 앞에서 누군가가 너희에게 질문하기를 기다리고 있다.

그러나 묻는 사람들 없이 마냥 기다리고 있는 너를 보면 가끔은 외로워 보인다. 너는 사람들을 찾아 움직이기도 한다.

이렇게 열심히 자신의 자리를 지키고 있는 너 '큐아이'는 참 수고가 많다. 사람들에게 길도 안내해 주고 궁금증도 풀어 주고 때론 사진을 같이 찍기 위해 카메라를 드는 사람들에게 모델도 되어 주는구나.

저의 이름은 큐아이입니다.
저의 도움이 필요하신가요?

너에게 질문을 하고 싶으면 "하이 큐아이"라고 부르거나 화면 상단 오른쪽의 마이크 이모티콘을 누르고 말을 하면 된다. 사람들이 다가와서 질문을 던질 때면 너는 참 싹싹하게 대답한다. 유물에 대한 설명은 기본이고, 어디에 있는지도 알려 준다. "식당은 어디야?"라고 물어도 대답해 준다.

그렇다면 다른 질문을 던져 볼까? "관장님 이름이 뭐니?" "민병찬 관장님입니다." "어 그렇군." 질문은 정확한 발음으로 해 주면 된다. 잘 알아들을 수 없을 땐 넌 이렇게 말한다. "죄송합니다. 잘 못 들었어요. 다시 말씀해 주세요."

그래서 다른 질문을 던져 본다. "네 나이가 몇이니?" "제가 몇 살처럼 보이나요?" "세 살이지?" "제 나이는 비밀이에요." 이런! 너는 밀당도 할 줄 아는구나.

03
우리가 가진 '첫 번째' 기억들

누구에게나 '처음'의 기억이 있다.

'첫 사랑', '첫 출근', '첫 만남', 그리고 '처음 해 본 많은 것들'. 국어사전에 '처음'은 명사로 시간상, 순서상 맨 앞이라고 나와 있고, '첫'은 관형사로 맨 처음이라는 말로 표현돼 있다. '첫'이라는 단어는 설레게도, 긴장하게도 한다. 우리는 무수히 많은 첫 번째를 가지고 있다. '첫'이라는 글자에는 설렘과 긴장감과 떨림이 모두 있다.

입사한 지 얼마 안 된 학예사가 '호랑이해'를 맞이해 '작은 전시'를 준비하고 관람객에게 선보였다.

보통 전시를 열고 나면 그다음은 홍보다. 보도자료를 내보내고 나면 취재도 온다. 홍보를 위해 학예연구사는 취재 온 기자와 카메라 앞에서 인터뷰도 해야 한다. 카메라를 앞에 두고 말을 한다는 것은 쉬운 일이 아니다. 종이에 적어 준비했던 내용들이 머릿속에서 뛰어다니고 단어들을 잡으러 다니느라 말은 끊어지기 일쑤다. 학예사는 미리 준비해 온 답변 내용을 다시 보고 여러 번 다시 말을 시작해야 했다. 사실 그에게는 이번 인터뷰가 '첫 번째 인터뷰'였다. 그의 떨림이 필자에게도 전달됐으나 안절부절못하는 그의 모습이 왠지 좋았다. 첫 인터뷰를 마치고 난 뒤 그의 얼굴에 피어오른 안도감과 아쉬움을 봤다.

그 모습을 보면서 기억 몇 개가 떠올랐다. 홍보를 하면서 매번 다른 사람에게 인터뷰를 하게 한다. 홍보하는 사람은 그들이 만들어 놓은 결과물을 빛나게 하는 역할을 하는 사람이다. 하지만 그날은 홍보 프로그램에 관한 것이었고, 기획했던 사람이 필자라 인터뷰에서 빠져나올 수 없었다. 뉴스로 나가는 첫 인터뷰가 끝난 후 나는 무슨 말

20년 가까이 국립중앙박물관
고고역사부에서 자원봉사를 하신 세 분.
첫 인터뷰임에도 말씀들을 너무 잘하셨다.

을 했는지 기억이 나지를 않았다. 전시를 홍보하기 위해 처음으로 전시를 중계방송했을 때의 떨림도 기억한다. 지금은 하는 곳이 많지만 전시를 소개하는 중계방송은 국립중앙박물관이 처음이었다. 학예사, 외부 진행자와 함께 두 번의 리허설을 했음에도 생방송의 부담감과 방송을 몇 명이나 볼까 하는 걱정이 앞섰다. 예측할 수 없는 '첫 번째'였기 때문이다. 다행히 성공리에 끝냈고, 그 성취감은 아직도 기억 속에 남아 있다. 이제 박물관에서의 '첫 번째'를 얼마나 더 경험하게 될까.

우리는 처음, 첫 경험들을 모아 인생을 차근차근 완성해 나가는 것이 아닐까. 출발선에 선 학예사가 '첫 인터뷰'를 기념할 수 있도록 사진을 찍어 보내 주었다.

04
기억의 향기

노인들이 모였다. 강사는 가벼운 체조를 같이 한다. 모두의 눈을 감게 하고 "소리를 들어 보세요. 듣고 생각나는 거 이야기해 보세요"라고 말을 건넨다.

노인들은 눈을 감은 채 대답한다. "새소리가 나요. 물소리도 나요. 새가 물 먹는 소리요." 이야기들이 오간 뒤 강사는 깨진 도자기 '깨미'에 대한 이야기를 먼저 들려준다. 주인이 깨진 도자기인 깨미에 물을 담아 지나간 자리에는 꽃들이 피었고, 깨미는 자신이 소중한 존재라는 의미를 깨닫고 예쁜 꽃을 담은 화분이 된다는 이야기다. 노인들과 이야기를 시작한다 "깨미는 성격이 어떨 것 같은가요? 무슨

치매 노인들이 교육 프로그램
'문화재 오감 표현'에서
도자기에 대해 배우고 있다.

말을 하고 싶을까요?" "난폭할 것 같아요. 나를 도와줬으면 하는 것 같아요. 좋아 보이진 않아요. 소심해 보여요."

박물관의 열린마당과 벽이 없는 대청마루로 이야기는 이어진다. "아침마다 가족과 밥 먹던 그때 어떤 것들을 먹었는지 기억나세요?" 처음엔 말이 없던 분들이 이제 말을 꽤 잘한다. 강사는 질문을 계속 던지며 어릴 적 이야기부터 온 가족이 모여 지내던 과거의 기억들을 자꾸 끌어온다. 할아버지 한 분은 휠체어에 앉아서 졸고 계신다. 상관않고 강사는 할머니, 할아버지 한 분 한 분과 일일이 눈을 맞추며 이야기들을 끌어낸다. 세 가지 도자기 모형을 가져와 '향로'에는 쑥뜸을 뜨는 쑥을 태워 향과 연기가 나는 것을 보여 준다. '주전자'에 물을 담아 잔에 따라 주고, '도자기'도 같이 보며 만질 수 있게 한다. 체험은 이어진다. 한 테이블에 세 명씩 앉고 테이블마다 한 명의 도우미 선생님들이 함께한다.

위에 적은 내용은 박물관에서 진행하는 특별한 문화유산

체험 프로그램인 치매 노년층을 위한 '문화재 오감 표현' 중 일부다. 시각, 청각, 후각, 촉각 등 다양한 감각을 활용해 도자기와 연관된 노년층의 지난 삶에 대한 이야기를 나누고 도자기를 감상하는 시간이다. 노트에 자신의 이름과 추억들을 적기도 한다. '기억의 향기' 시간엔 다섯 가지 냄새를 재현한 향을 맡으며 이에 대한 기억이나 느낌을 공유한다. 직접 재료를 선택하고 배합해 '나만의 향수'도 만들어 본다.

함께 치매여서 순간순간 서로를 잊으면서 프로그램을 듣던 부부 이야기. 복제한 문화유산을 너무도 소중히 만져 보던 시각장애인의 이야기를 들으며 박물관의 또 다른 기능인 교육 프로그램의 중요성을 생각했다. 이 프로그램을 정성을 다해 기획하고 진행하는 교육학예연구사의 진한 마음도 느껴졌다.

05

학예사와 대화를 나누는 시간

수요일 밤이다. 국립중앙박물관 상설전시관 특별전 전시실에서는 수십 명의 시선이 한 사람에게 가 있다.

수많은 사람의 시선을 한눈에 받고 있는 이는 '태양을 움직인 사람들-아스테카' 특별전시(2022.5.3~2022.8.28)를 준비한 학예연구사다. 사람들은 곧 시작할 '큐레이터와의 대화' 프로그램에 참여하기 위해 모여 있다.

큐레이터와의 대화는 박물관 큐레이터들의 상세한 전시품 해설과 관람객들의 질의응답으로 이루어지는 참여형 프로그램이다. 2006년 시작해 매주 수요일 저녁에 진행한다.

프로그램을 진행하기 전 학예사는 관람객들에게 미리 공지를 했다. "예정된 진행 시간은 30분입니다. 그런데 전 좀 길게 할 수도 있습니다. 설명을 듣다가 지루한 분들은 자리를 뜨셔도 좋습니다." 프로그램을 진행하는 동안 어른, 아이 할 것 없이 설명을 듣다가 궁금하면 바로 질문을 한다. 학예사는 관람객들에게 전시 설명을 하는 동안 그들의 진지한 눈빛을 보며 보상받는다. 그동안 전시를 준비하며 어려웠던 여러 가지 일과 시간들은 이미 저 멀리 가 있다.

이번 전시실의 벽에는 전시 해설을 위한 이미지가 다른 전시보다 많은 편이다. 낯선 아스테카의 문명을 좀 더 쉽게 이해할 수 있도록 하기 위한 장치다. 말을 잘 안 듣는 자녀의 얼굴에 매운 고추 연기를 쐬어 훈육하는 장면이 그려진 '멘도사 고문서' 그림을 보며 학예사는 말한다. "그 시대가 아닌 지금 이곳에 태어난 것을 감사해야 합니다. 이런 훈육은 고문 수준이라고 할 수 있지 않습니까?" 여기저기서 웃음이 터진다.

매주 수요일 야간 개장 시간인 6시와 7시.
'큐레이터와의 대화'를 통해 관객들은
직접 학예사를 만나 전시 해설을 들을 수 있다.

같은 시간 역사의 길에 있는 원랑선사탑비 앞에서 유물부장은 안전한 소장품 포장과 보관에 대해 설명을 하고 있었다. 큐레이터와의 대화는 6시 정각에 시작하는 2개의 프로그램이 끝나면 7시에도 2곳의 전시실에서 열린다. 프로그램을 진행하는 현장에서 조금 더 마음에 드는 곳이나 궁금한 곳을 골라 참여할 수 있다.

특별전시실에서 진행한 아스테카 특별전 큐레이터의 대화 프로그램이 끝났다. 시간은 이미 한 시간이 훌쩍 지나 있었다. 먼저 자리를 뜬 사람은 아무도 없었다.

06

모두를 위한 박물관 만들기

이건희 회장 기증 1주년을 기념하는 '어느 수집가의 초대' 특별전이 끝났다. 전시 기간 동안 열린마당에는 매일 아침이면 수백 미터씩 길게 줄이 만들어졌다.

주중 방학과 휴가철에는 가족 관람객이 많았지만, 주말이면 연인들이 눈에 띄었다. 평일엔 중년 이상의 관람객들이 많았다. 친구와 함께 박물관을 찾은 중년 팀들은 오전에 입장권을 사고, 관람 시간까지 시간이 비면 상설전시관도 둘러보고 박물관에서 점심도 먹고 산책도 했다.

많은 사람들이 박물관을 찾는 건 행복한 일이다. 그러나 그 많은 사람들에는 취약계층인 장애인도 포함돼 있어야 한다.

전시 종료를 앞두고 담당 부서에서 작은 행사를 마련했다. 청각장애인과 시각장애인을 초청해 전시 설명 행사를 개최한 것이다. 많은 관람객들 사이에서 행사를 위해 이리 저리 뛰어다니는 직원들을 봤다. 그들은 이 전시를 준비하면서 이미 장애인과 취약계층에 필요한 장치들을 마련하고 설치했다. 전시실 입구에 설치한 '촉지도'로 공간 구조와 동선을 미리 인지할 수 있도록 했고, 전시실 두 곳에 체험 공간을 마련해 모형과 복제품을 전시했다.

시각장애인을 위한 음성 해설 15건도 전시 안내 앱에서 제공했다. 전시품을 구체적으로 설명하고 관람 방향과 동선을 안내하는 문구를 넣어 시각장애인이 전시품을 시각적으로 상상하며 감상하는 장치다.

2022년 8월 30일에는 박물관 교육 국제 심포지엄 '모두를

'어느 수집가의 초대' 전시실에 마련된
촉각 전시품 체험 공간.

위한 박물관 공간 조성과 교육'을 개최했다. 심포지엄에선 장애인들을 위한 온라인 수업과 함께 노년층, 장애를 가진 관람객 맞이하기, 장애 어린이와 가족을 포용하는 박물관 만들기 등의 내용이 다뤄졌다.

더불어 박물관에서는 상설전시관 내 점자 전시해설서 및 안내판 비치, 촉각 전시품 확대, 인공지능 서비스 구축, 전시 안내 로봇 '큐아이' 수어 해설 콘텐츠 확대, '사유의 방' 멀티미디어형 점자감각책 발간 및 전국 맹학교, 점자도서관 배포 등을 준비하고 있다. 장애인을 대상으로 전시하고 교육하는 공간인 '장애인 스마트' 강의실도 만들고 있다.

'모두를 위한 박물관'을 만들기 위해 노력하는 박물관 사람들의 궁리와 작업은 이렇게 차근차근 진행되고 있다.

07

MZ 세대여, 박물관으로 오라

국립중앙박물관에 대한 기억이 학교에서 수업 형식으로 돌아본 것이 전부인 20대가 있다. 그 친구들에게 무엇을 준비해 줘야 가고 싶은 박물관이 될까. 박물관이 늘 갖는 생각거리, 고민거리였다.

그럼 20대들을 위한 프로그램을 만들어 보자. 박물관 내부가 아닌 새로운 생각을 내어 줄 수 있는 외부 사람들과 협업해 보면 어떨까. MZ 세대가 원하는 신나는 프로그램을 만들어 보자고 했다. 2021년 말에 결정을 하고, 2022년 초부터 수십 가지의 주제와 내용을 거쳐 만들어 낸 것이 '대박쌈박! 국중박' 프로그램이다. '20대가 방문하고 싶은 박물관'을 위해 15명의 대학생들이 기획에 참여했다. 박물관의 젊은 층과 학예사들도 함께 많은 시간을 고민했음은 물론이다.

프로그램은 박물관 현장에서 이루어지는 세 가지의 문화행사와 온라인으로 구현한 하나의 콘텐츠로 이루어져 있다.

'살아-잇다'는 김홍도의 풍속화 속 인물들의 관객 반응형 연극이다. '단원 풍속도첩'에 있는 인물들이 밖으로 나와 관객들에게 이야기를 들려주고 대화하는 5편의 연극으로 꾸몄다.

야간괴담회는 유물과 관련된 사연에서 출발, 무서운 이야기를 전달하는 1인 공포연극이다. 상전과 순장된 이의 심정, 자녀를 노비로 팔아야 했던 아버지의 마음을 들어 보는 방식으로 만들었다.

'K귀신잔치'는 한국 전통 귀신과 함께하는 파티다. 외국의 귀신놀이를 즐기는 그들이 한국적인 것에도 관심을 갖도

풍속화 인물들이 관객들과 놀고 난 뒤
김홍도가 마지막 마무리를 하는 모습.

김홍도의 씨름에서 나온 엿 파는 아이.
관객들과 소통하고 있다.

록 유도해 보는 프로그램이다. 국립중앙박물관 상설전시관 역사의 길에서 오후 6시부터 9시까지 K귀신과 함께하는 행사로 이루어졌다.

직접 즐기는 행사만이 아니라 MZ 세대들의 고민거리를 듣고 치유해 주는 온라인 프로그램도 선보였다. 박물관 교육과에서 오랫동안 준비해 왔던 '마음복원소' 프로그램에 대학생들의 신선한 아이디어를 얹었다. 자신의 고민을 말하면 유물들이 건네는 위로의 말로 다친 마음을 복원하는 서비스로, 마음에 위로를 건네는 300여 개의 문장을 만날 수 있다.

첫 행사는 2022년 9월 21일 야간 개장 시간에 시작했고, 10월 말까지 이어졌다.

젊은 세대들이 박물관에서 즐기고 숨 쉬고 새로운 생각을 했으면 좋겠다. 그들과 자연스러운 소통을 하는 박물관을 꿈꾼다. 과연 그 꿈은 이루어질까?

08
—
반갑다, 박물관신문

국립중앙박물관에서 발행하는 박물관신문의 아카이브가
공개됐다.

박물관신문은 1970년 7월 사외보로 창간돼 국립중앙박
물관과 소속 박물관의 소식을 일반인들에게 꾸준히 전해
온 월간지다. 김원용 2대 관장은 창간호 발간사에서 "우
리는 이 조그만 지면을 통해서 국민이나 매스컴에 우리 박
물관의 소식을 전하고 우리의 문을 활짝 열어서 많은 국
민들이 박물관을 이해·인식하고 한 번이라도 더 찾아 주
게 되기를 바라는 것이며, 또 박물관 직원들 자신에 대한
자극제가 되어 더 많은 일들을 스스로 해 나가게 되기를

희망하는 것이다"라고 밝혔다.

50여 년 전 문장이라 표현이 옛스럽지만 시간이 흘렀어도 박물관에서 일하는 사람들의 마음은 늘 같은 것 같다. 관람객들이 박물관을 이해하고 자주 찾아 주기를 바라는 마음 말이다.

박물관신문은 창간 당시 '박물관뉴우스'라는 제호로 타블로이드판(B4 사이즈) 크기에 흑백 4면으로 발간됐다. 1996년 8월호인 300호부터는 사진 등 일부가 컬러로 인쇄되기 시작했다. 2009년 11월에 36면 분량의 잡지 형태로 바뀌었으며, 2023년 3월 기준 52면의 지면으로 619호가 발행됐다. 박물관신문 표지에 쓰인 '박물관신문'이라는 글자는 국립중앙박물관 최순우 4대 관장의 글씨다.

박물관신문은 그동안 박물관이 걸어온 길을 고스란히 보여 준다. 신문에는 특별전 소식과 박물관의 주요 소식이 모두 들어 있다.

7월호
1970년 7월 1일 발행
(매월 1회 1일 발행)
창간호

박물관뉴우스
The Museum News — National Museum of Korea

'박물관뉴우스'로 1970년 발행한 박물관신문 1호.

1243

300호 박물관신문.
컬러로 인쇄되기 시작했다.

백제 무령왕릉 발굴(1971.7), 신안 해저 유물 조사(1976~1984), 경남 창원 다호리 유적 발굴(1988.1), 백제 금동대향로 발굴(1993.12) 등 그 당시 역사적인 사건들을 빠짐없이 소개했다. 그런 박물관신문을 박물관과 고고학, 미술사와 역사학을 공부하는 사람들은 손쉽게 다 챙겨볼 수 있다. 물론 일반인들도 이제 아카이브를 통해 1970년 8월 창간호부터 최신호까지 볼 수 있게 된 것이다.

'박물관신문 아카이브'가 생겨 박물관신문을 온라인에서 모두 볼 수 있다는 반가운 소식을 퇴직한 선배들에게도 전달했다. 박물관신문의 담당자로 입사한 필자의 소중한 기억들도 떠올리면서. 검색어만 치면 주루룩 따라오는 기사들을 보면서 자신들이 만들고 다듬었던 박물관의 역사를, 그 시간들을 다시 차근차근 음미하기를 바랐다.

09

문화재 종합병원 '문화유산과학센터'

국립중앙박물관은 지난달 15일 우리 문화유산을 체계적으로 관리·보존할 수 있는 '문화유산과학센터'를 착공했다. 문화유산과학센터는 박물관 북동쪽에 건축 면적 9,196제곱미터, 지상 3층, 지하 1층 규모로 지어진다. 2025년 상반기에 준공 및 개관을 계획하고 있다.

국립중앙박물관에는 보존과학부가 있다. 문화재들이 오랫동안 우리 곁에 있을 수 있도록 문화유산(문화재)의 상태를 진단하고 치료하는 곳이다. 한마디로 문화재 병원인 것이다. 현재 우리가 알고 있는 많은 문화유산들은 대부분 보존과학자의 손길을 거쳤고, 더 많은 문화유산들이 그 손길을 기다리고 있다. 국립중앙박물관이 소장한 문화유산의 처리에만도 시간과 공간이 부족했다. 문화유산과학센터가 건립되면 국·공·사립·대학 박물관도 지원할 수 있게 된다. 그동안 국외 박물관의 한국실 소장품도 일부 보존처리를 해 왔으나 이 역시 종합적으로 지원 가능하게 된다.

문화유산과학센터에는 문화유산의 과학적 보존 관리를 위한 재질별 보존처리실, 3D콘텐츠실, 분석진단실뿐만 아니라 새로운 전문인력을 교육할 수 있는 시설까지 포함돼 있다.

이뿐만 아니다. '디지털 보존과학 시스템'도 구축할 예정이다. 가상 디지털 보존처리, 디지털 분석·평가, 스마트 원격 진단 등이 주요 내용이다. 그래서 이름이 문화유산과학센터인 것이다. 3D 모델링, 프린팅으로 훼손 문화재의 신속한 가상 보존처리·복원·복제를 할 수 있는 가상 디지털 보존처리, 문화재의 재질 데이터에 인공지능 기술을 활용

국립중앙박물관 문화유산과학센터 조감도.

해 진위·제작 연대를 판별할 수 있는 디지털 분석 평가도 가능하다고 한다. 원격 처방·관리·의사결정, 원격 실시간 모니터링 및 진단·자문 협업 시스템을 도입해 스마트 원격 진단까지도 할 수 있다.

멋진 일이다. 우리나라 최고·최대 박물관으로서 소장품 보존처리뿐만 아니라 국내외 박물관 소장품에 대한 보존처리 확대 지원과 문화재 진위 확인을 위한 객관적인 평가, 온라인 협력으로 즉각적 맞춤형 보존이 이루어지는 것이다.

사실 건물만 짓는다고 이 모든 것이 이루어지는 것은 아니다. 이를 운영할 수 있는 인력과 장비의 확보도 중요한 문제다. 보존과학부 직원 모두가 열심히 준비해 왔던 숙원 사업이다. 건립과 운영까지 바람대로 이루어지기를.
우리 역사의 증거물이 그들의 손에 있다.

Part 5

박물관

각양각색 매력을 뽐내는 박물관 이야기

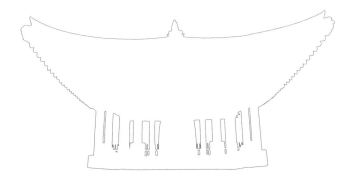

01

국립박물관의 브랜드

국립박물관은 가족이 많다. 서울에 있는 국립중앙박물관을 비롯해 13개 지역에 있는 국립박물관이 그 가족이다. 이들 박물관은 각각의 브랜드를 가지고 있다. 이미 알고 계신 분들에겐 감사의 인사를 드린다. 박물관에 대한 애정이 지극한 분들이니까.

국립박물관은 몇 해 전부터 각 박물관의 브랜드화에 노력해 왔다. 특히 국립중앙박물관은 한국을 대표하는 박물관으로 우리의 문화와 예술, 아름다움이 축적돼 있다. 한류 문화의 초석을 다진 B배우가 있었다.

국립중앙박물관 전경.

관람객이 많은 만큼 박물관 직원들은 즐겁다.

한국 문화의 아름다움을 주제로 책을 낸다는 소식을 신문기사로 접하고 확인해 보니 박물관이 포함돼 있지 않았다. 한국 문화의 아름다움을 다루는데 시원始元인 이곳이 포함돼야 하지 않냐고 반문했다. 검토하고 연락 주겠다고 했고 며칠 뒤에 박물관도 포함한다는 연락을 받았다.

박물관을 취재하는 B를 돕기 위해 당시 박물관장이 직접 나섰다. 후에 일본어로도 번역된 그 책을 들고 온 일본 관람객을 전시실에서 마주쳤던 기억이 있다. 2020년엔 BTS도 이곳 전시관 역사의 길과 열린마당에서 유튜브 가상 졸업식 'Dear Class of 2020'을 촬영했다.

이런 사업들은 박물관을 국내뿐 아니라 외국인들에게도 알리고자 하는 사업의 일환으로 진행되고 있다. 지금 국립중앙박물관은 루브르박물관의 모나리자처럼 우리를 상징하는 대표 유물을 전시하고 있다. 바로 반가사유상의 브랜드화다. 2021년 11월에 '사유의 방'을 연 뒤로 반가사유상은 유명세를 더해 가고 있다.

다른 국립박물관은 어떤 브랜드를 표방하고 있을까. 지역문화의 고유한 가치를 담아 결정한 각 박물관의 브랜드는 다음과 같다.

경주는 신라의 역사문화, 광주는 아시아 도자 실크로드의 거점, 전주는 조선 선비문화, 대구는 복식문화, 부여는 사비 백제문화, 공주는 웅진 백제문화, 진주는 임진왜란과 한일 교류, 청주는 금속공예, 김해는 가야문화, 제주는 섬문화, 춘천은 한국의 이상향(금강산과 관동팔경), 나주는 영산강 유역 독널문화, 익산은 미륵사지와 고대 불교사원이다.

박물관의 브랜드화는 그 박물관만의 매력을 다지는 것을 의미한다. 여느 곳의 박물관이 아니라 그곳에서만 더 보여줄 수 있는 콘텐츠로 마음껏 뽐내 보자는 의도이기도 하다. 지역에 따라 보는 재미가 있는 브랜드 박물관으로 우뚝 서기 위해 박물관 사람들은 노력하고 있다.

02

박물관 전시실에서 독서를?

푸르른 숲속에 폭 안겨 있는 청주박물관을 몇 년 만에 찾았다. 같은 식구이긴 하지만 지방에 있는 소속 박물관을 찾는 일은 쉽지 않다. 오래간만에 가는 길은 설렜다. 멋지게 자란 오래된 나무들이 지키고 있는 청주박물관이 반갑게 맞아 주었다. 청주박물관은 건축가 고 김수근 선생이 설계한 콘크리트 한옥 형태로 전통 건축을 새롭게 변형했다는 평가를 받은 건물(1979)이다.

청주박물관은 2022년 4월 상설전시관을 개편해 공개했다. 금속문화 전문 박물관답게 금속문화재를 집중 조명한 개편이다. '숨과 쉼이 있는 당신의 박물관'이라는 주제를

국립청주박물관 상설전시장.
왼쪽이 유물이 전시된 진열장이고,
맞은편이 쉼터와 서가가 있는 공간이다.

담고 있다. 전시는 세 공간으로 나뉜다.

선사 시대와 고대를 다룬 '고고 금속으로 변화된 삶'을 주제로 꾸며진 1~2실은 화사하고 밝은 느낌이다. 우리가 가지고 있던 전시실에 대한 생각의 경계를 허문다. 산뜻한 전시장이다. 유물을 전시한 맞은편 공간에 쉴 수 있는 의자가 놓여 있고 다양한 책들이 서가(書架)에 꽂혀 있다. 박물관 관련 책뿐만 아니라 관장이 기증한 소설책이나 자동차와 관련된 책도 있다. 전시된 유물을 앞에 두고 편히 쉴수 있는 이 공간은 '숨과 쉼이 있는 당신의 박물관'이라는 주제와도 맞닿아 있다.

다양한 금속 유물들이 전시돼 있는 '미술, 금속으로 꽃피운 문화'라는 주제로 꾸며진 3실은 전체적인 조도를 낮추어 앞의 전시실보다 어둡게 느껴지기도 하지만 금방 익숙해진다. 유물에 조명을 비춰 전시된 유물이 잘 보일 수 있도록 해 주었다.

청주박물관 야외 전시장.

'야금(冶金): 위대한 지혜' 특별전(2022.5.31~2022.8.28)도 놓칠 수 없는 전시다. 동검과 청동창, 누금 장식이 가득한 금 귀걸이, 해외에도 여러 번 나갔던 서봉총 금관과 허리띠 등 청주박물관, 김해박물관과 더불어 삼성 리움박물관 소장품 등 140여 점을 전시하고 있다. 전시에는 개관 이래 가장 많은 지정문화재인 국보 4점과 보물 3점이 포함돼 있다. 고대부터 왕과 귀족들의 전유물이었던 금속 유물들을 관람하다 보면 전시장 말미에 현대 작가의 근사한 작품도 여러 점 선보인다.

전시실을 지나며 보이는 중정(中庭)은 여러 석조 유물들과 조화를 이룬다. 전시를 관람했으니 이제는 쉬어도 좋을 시간, 드립커피를 내려 주는 풍광이 아름다운 휴게실을 찾았다. 창밖의 멋진 풍광과 독특한 가구들이 있는 공간이었다. 이곳에 앉아 책도 읽으며 오래도록 쉬면 얼마나 좋을까 하는 생각이 절로 들었다.

03

한국 유일의 복식문화 전문 박물관

국립대구박물관은 1994년 문을 열었다. 시내에서 떨어져 있는 대부분의 다른 박물관과 다르게 시내 중심에 널따랗게 자리 잡고 있다. 2010년 복식문화실을 신설했고 2019년 개편했다. 복식문화실을 개편하고 나서 20, 30대가 많이 온다고 한다. 박물관은 이후 복식을 연구하고 복제하며 한국인의 체형과 특성에 맞는 마네킹을 만들어 그 위에 옷을 입혔다. 뉘어서 전시하면 그 매력을 알 수 없는 우리 복식의 특성상 그에 맞는 선택과 전시 방법이었다. 이영희 선생*이 기증한 복식이 추가 전시됐다. 우리나라 유일한

*이영희 李英姬(1936-2018) 한복디자이너

복식문화 전문 박물관으로서 대구박물관의 브랜드가 더 힘을 얻었다.

대구박물관의 아름다운 로비 한쪽에는 피아노를 두어서 누구나 칠 수 있도록 했다. 로비 안쪽 정면의 커다란 전광 판에서는 세 가지 영상이 교대로 상영되고 있었다. 함께 앉아 영상을 보는 사람들의 뒷모습이 정답게 느껴졌다.

박물관 전시실은 3개의 주제로 복식문화실 외에 고대문화 실과 중세문화실이 있다. 해솔관에는 어린이들을 위한 디 지털 아트존(실감 콘텐츠 체험관)과 우리 문화체험실, 강당 등 다 양한 시설이 마련돼 있다.

아이들은 그 공간에서 저마다 즐기고 있었다. 어른들을 위 한 공간인 카페도 사람들로 가득했다. 카페는 박물관 내 부를 거치지 않고 외부에서도 바로 들어갈 수 있는 공간 으로 밤 10시까지 운영한다. 그래서인지 어느 새 동네 사 람들의 사랑방이 됐다.

고대문화실을 관람하는데 진열장 안에 있는 캐릭터들이 눈에 띄었다. 토끼, 곰, 고양이가 전시된 유물과 생김새가 같은 것을 가지고 있는 모양새다. 전시의 이해를 돕는 이

고대문화실 전시실의 진열장 안에는
귀여운 캐릭터가 산다.

귀여운 동물 캐릭터들은 대구박물관의 한 직원이 만든 것이다. 그 직원은 한쪽 눈이 완전히 보이지 않고 나머지 한쪽 눈도 시력이 아주 나쁘다고 했다. 그런 그가 이렇게 이쁜 캐릭터를 만들어 냈다. 전시유물과도 너무나 잘 어울린다. 이 캐릭터들은 박물관 정문에서도 만날 수 있었다.

특별전시실에서는 '내방가사' 전시가 진행 중이었다. 방문한 날은 이와 관련한 큐레이터와의 대화 프로그램이 열렸다. 야간 개장**을 하지 않는 박물관이라 오후 2시에 프로그램을 진행했다. 내방가사를 직접 쓰고 낭독도 하는 분이 전시 담당 연구사와 함께 직접 프로그램을 진행했다. 많은 사람들이 함께 참여하고 있었다.

만난 사람들, 만나지 않았으나 결과물로 보여 준 사람들, 그리고 그곳에 있는 이들. 정성과 마음이 모여 살아 있는 곳이 된 박물관이다.

** 국립중앙박물관의 경우 매주 수요일과 토요일에 9시까지 야간개장을 한다. 큐레이터와의 대화 프로그램은 수요일 야간개장 시간에 한다.

04

자세히 보아야 이쁜 귀엣-고리

'귀엣고리'는 옛말로 '귀에 있는 고리'라는 뜻이다. '귓불에
다는 고리'와 '귓불에 다는 장식품'이라는 뜻으로 이해할
수도 있다고 한다. 지금 우리가 쓰는 표준어는 귀걸이, 귀
고리다.

국립공주박물관이 '백제 귀엣-고리, 자세히 보아야 예쁘
다' 특별전시를 열었다. 2022년 9월 27일 시작해 2023년 2
월 26일까지 이어진 전시는 무령왕과 왕비 귀걸이를 비롯
한 백제 귀걸이를 한자리에 모은 최초의 전시다. 백제 귀걸
이의 아름다움, 그리고 그것을 만든 사람과 소유자의 마
음을 모두 조명하는 자리로 백제 귀걸이 외에도 신석기 시

백제 귀엣고리 특별전.
진열장에 전시된 귀걸이 모습.

대부터 조선시대까지를 모두 아울렀다. 귀걸이를 제대로 관람할 수 있는 시간이었다.

최초의 단순한 둥근 귀걸이에서부터 극강의 기술과 아름다움을 선보이는 귀걸이까지 보는 재미가 쏠쏠했다. 전시는 백제 귀걸이의 구조와 특징, 제작 과정도 보여줬다. 무령왕 귀걸이를 재현하고 그 과정을 영상으로 담아 제작 과정을 살펴볼 수 있게 했다. 귀걸이에 붙은 작은 금알갱이 등 부속품 하나하나가 어떻게 만들어졌는지 그 과정을 확인할 수 있다. 영상 속의 재현품은 그 옆에 전시해 볼 수 있게 했다.

국보와 보물로 지정된 삼국시대 귀걸이 6쌍을 함께 볼 수 있는 공간도 별도로 마련됐다. 백제 무령왕과 무령왕비 귀걸이와 함께 신라 경주 보문동 합장분 출토 귀걸이, 가야 합천 옥전 무덤 출토 귀걸이를 감상할 수 있는데 한자리에 모인 것은 처음이다. 각 국가 간의 갈등 속에서도 교류를 이어 나갔던 그들의 미의식과 취향을 엿볼 수 있는 기회가 된 전시다.

전시에 대한 설명을 들으며 담당 학예직들이 고민하고 연구했던 흔적들을 확인했다. 귀걸이를 이렇게 아름답게 전시한 적이 있었던가. 처음으로 단독 진열장에 공중에 떠 있는 모습으로 전시된 커다란 황금 귀걸이가 있다. 2미터가 넘는 진열장은 귀걸이가 흔들리지 않도록 진열장 아랫부분에 30센티미터가 넘는 무게중심을 두어 전시했다. 진열장 앞에 서면 성인은 귀걸이를 한 모습이 연출된다.

이 전시를 본 나태주 시인은 '백제 귀고리'라는 제목으로 다음과 같은 시를 써 주셨다.

> '찬란하여라/ 눈부셔라/ 가슴 벅차기도 하네/ 이쁜 그대/ 귓불에 걸린/ 달랑달랑/ 조그만 하늘/ 조그만 우주'

써 주신 글을 보니 전시에 감동받으신 것이 분명하다.

05

오이를 등에 지고 가는 고슴도치

국립춘천박물관이 개관 20주년을 맞이했다. 2002년 10월 개관 이후 2022년 성년이 된 춘천박물관은 이제 강원의 문화예술 중심기관으로 자리매김하고 있다.

춘천박물관에 간 날, 박물관 입구 왼편으로는 20주년을 기념해 심은 나무가 자리해 있었다. 박물관 건물 안으로 들어서니 로비 양쪽으로 20주년을 기념하는 슬로건인 '인연, 스무 살의 시작'이라는 배너가 달려 있었다. 또 다른 20년을 계획하고 자축하는 마음을 엿볼 수 있었다.

특별전시실에서는 20주년 특별전 '미물지생(微物之生), 옛 풀벌레 그림 속 세상'(2022.10.25~2023.1.25)이 열리고 있었다. 풀벌레를 주제로 한 작품들을 한자리에 모은 것으로 우리나라에서 첫 번째로 개최하는 주제의 전시였다. 풀벌레가 주인공이라니. 옛사람들은 벌레를 세상 만물 중에서 제일 작은 미물로 여기고 그 세상이 가장 작은 세상이라 했다 한다. 그 세상을 자세히 관찰해 세상의 이치를 깨닫고자 했다니 우리의 조상(祖上)은 작은 벌레까지도 배움의 대상으로 삼았음을 보여 주는 전시다.

전시장 입구에선 실감 영상이 먼저 맞이한다. 발을 내디디면 물방울이 생기고 물길이 생긴다. 그 영상과 한참 동안 교감하고 전시장 안으로 들어가면 신사임당이 그린 것으로 전해지는 초충도(草蟲圖)가 맞이한다. 조선 회화의 양대 거장인 겸재 정선과 단원 김홍도가 그린 풀벌레 그림도 볼 수 있었다. 심사정이 그린 화접초충화첩(花蝶草蟲畫帖)은 또 얼마나 매력적인지 직접 봐야 알 수 있다.

전시장에서 보며 알게 된 여러 가지가 있다. 모든 풀벌레

심사정의 오이를 등에 지고 가는 고슴도치
부분도.

전시장 안에는 돌에
나비들을 그려서
같이 전시해 놓았다.

는 머리를 먼저 그리지만 나비는 날개를 먼저 그린다거나, 나비를 뜻하는 한자 '접(蝶)'이 여든 살을 뜻하는 중국어와 발음이 같아 오래 살기를 바라는 마음으로 나비를 그렸다는 이야기, 또 매미가 군자의 다섯 가지 덕목을 갖추었다는 것 등은 새로움이었다.

순무를 먹는 쥐, 오이나 작은 과일이 있으면 도르르 굴러 등에 있는 가시에 꽂은 다음 집으로 가서 먹는 습성을 그린 고슴도치 그림도 있다. 매년 가을이 되면 궁중 여인들이 조그만 볏집으로 만든 작은 장 속에 귀뚜라미를 잡아넣어 머리맡에 두고 밤마다 그 우는 소리를 즐겼다는 내용도 볼 수 있다. 이리 재미있는 이야기들이 가득한 전시장이라니.

작은 것들도 자세히 보면 그 속에 또 다른 세상이 존재한다. 이 전시는 2023년 1월 25일까지 국립춘천박물관 본관 2층 기획전시실에서 열렸다.

06

제주 동자석을 마주하다

제주박물관에 동자석이 전시된다는 소식을 들었을 때, 어떤 모습으로 전시돼 있을지 궁금했다. 국립중앙박물관 전시장에서 동자석 몇 점을 보았기에 더 그랬는지 모르겠다.

제주박물관 야외 정원에서 마주한 제주 동자석들은 제주 무덤에서 볼 수 있는 죽은 자가 사는 집이자 울타리인 '산담'과 제주 억새, 탐라산수국, 참꽃나무, 갯쑥부쟁이 등 제주에서 자라는 식물들과 함께 배치돼 있었다. 꾸민 지 얼마 되지 않았고 가을이 깊어 식물들의 싱그러움을 완전하게 느낄 수는 없었지만, 몇 개의 갯쑥부쟁이 보라색 꽃이 남아 있어 그 정취를 느낄 수 있었다.

제주 동자석의 표정과 만들어진 모양새는 각각이다. 개성이 강한 1미터 남짓의 석상들을 바라보고 있자니 피식 웃음이 나왔다. 이렇게 귀여운 표정과 몸짓을 하고 있는 제주 동자석이라니⋯. 제주 동자석은 무덤을 지키고 죽은 자의 영혼을 위로하는 석상이었다. 제주에는 사람이 죽으면 한라산으로 돌아가 신선이 된다는 내세관이 있다. 제주 동자석은 신선을 모시는 동자로 제주의 밭이나 오름에 마련된 무덤 앞에 세워져서 무덤을 지키고 죽은 이의 영혼을 위로하는 역할을 했다. 대부분의 석상이 마주 보고 서 있었다고 하지만, 이제는 보는 사람들을 위해 제주박물관 정원에 나란히 세워져 있다.

제주 동자석은 제주도에서 쉽게 구할 수 있는 현무암이나 안산암 같은 화산암으로 만들어진 것이 특징이다. 얼굴 표현과 머리 모양, 손의 모양이 다르고 들고 있는 기물들도 다양하다. 동그랗게 뜬 눈도 있고 감은 듯한 눈도 있어 단순하지만 다양한 표정이 나타나 있다. 손에는 아무것도 들고 있지 않은 것도 있지만 대부분 술이나 떡, 숟가락, 부

국립제주박물관 옥외 정원에 전시된
제주 동자석의 일부.

채, 꽃, 새 등 각기 다양한 물건들을 들고 봉분의 가장 가까운 곳에 자리 잡고 있었다.

이는 죽은 사람이 생전 좋아한 것이거나 영혼이 잘 지내기를 바라는 마음을 담아 남은 자들이 조각한 것이라 한다. 이 전시는 고 이건희 회장 기증품을 소속 박물관 상설 전시에 활용하기로 한 방침에 따라 문인석 10여 점과 함께 총 55점을 선보인 것이다.

떠나간 자를 위로하는 제주 동자석을 보고 있다가 할머니와 엄마, 이쁜 곱슬머리를 가진 여자 쌍둥이가 있는 3대가 함께 산책 나온 풍경을 마주했다. 생명의 기운이 가득한 그 아이들의 걸음걸음을 보면서 그 공간이 왠지 더 의미 있게 느껴졌다.

07

나주박물관에서

2023년 식목일 국립나주박물관에 다녀왔다.

오랜 봄 가뭄을 깨고 비가 촉촉이 내리는 날이었다. 나주
역에 도착해 내리려고 일어서는데 플랫폼까지 들어와 기
다리고 있는 직원이 보였다. 박물관으로 가는 길가엔 하
얗게 핀 배꽃이 한창이었다. 도로를 따라가는데 차가 꿀
렁거렸다. 박물관에 도착하기까지 고속방지턱이 10개라고
했다. 나주박물관의 대표 유물인 옹관을 옮기면서 크지만
약한 유물 컨디션에 직원은 이곳을 지날 때마다 심장이 쿵
쾅거렸었단다. 그는 10여 년 전인 당시, 나주박물관의 개
관을 준비하고 있었던 학예사였다.

고분(古墳)이 바라보이는 곳에 준비 중인 나주복합문화관 부지를 지나 박물관에 도착했다. 전시장에서 직원들이 옹관을 3차원(3D)으로 스캔하고 있었다. 400킬로그램 가까이 되는 옹관은 70센티미터 이상은 떨어져서 촬영해야 하기에 도르래로 1미터 가까이 들어 올려져 있었다. 3D 스캔 작업은 옹관을 옮길 때 안전하게 해 줄 지지대와 집을 만들어 주는 일의 기초 작업이다. 나주박물관에 도착하기 3일 전부터 34개의 옹관을 하나하나 스캔했다고 했다. 수리한 흔적들이 수없이 보이는 옹관들은 디지털 기술을 통해 데이터가 축적된다. 이를 활용한 작업을 통해 옹관을 세워 보관할 수 있게 되면 전시는 물론 공간활용도 효율적으로 할 수 있을 것이라 했다.

시대가 변하면서 과학도 발전하고 그에 따라 유물을 안전하게 보관하고 전시하는 방법도 생겨난다.

실감영상관에서는 1,500년 전 영산강 유역의 고대 문화와 고분 문화를 미디어아트로 상영하고 있었다. 폭 35미터,

나주박물관에서 옹관 3D 스캔을 하는 모습.

높이 3미터의 바닥과 벽면, 기둥까지 꽉찬 영상을 정신없이 보다 관람객의 움직임에 따라 반응하는 체험형 인터랙션 기술도 체험했다. 영상을 보던 몇몇 어르신에게 직원이 "기념사진을 찍어 드릴게요" 한다. 어르신들은 다 보고 나가면서 박수를 쳤다. 잘 봤고 감동했다는 뜻이다. 소속 박물관이 지역사회에서 해야 하는 일이 바로 이런 것들이 아닌가 생각했다.

어린이박물관은 문화재를 지키는 사람들을 콘셉트로 소장품관리자, 보존과학자, 교육연구사, 전시기획자, 고고학자를 소개하고 그에 맞는 해설·체험을 할 수 있도록 만들어졌다. 어린이박물관의 공간은 보이는 수장고와 연결돼 있었다. 문화유산들을 등록, 보존처리하는 공간의 모습도 어린이들이 직접 볼 수 있는 것이다. "정말 최고인데요?"라는 말이 나왔다.

2013년 11월 개관한 나주박물관이 2023년, 개관 10주년이 된다. 상설전시관 개편을 준비하고 관람객들을 새로이 만날 준비를 하고 있다. 새로운 모습으로 꾸며질 박물관은 늘 기대감을 갖게 한다.

08

낭산, 도리천 가는 길을 찾다

서울은 비가 살짝 내리고 있었지만, 국립경주박물관의 정원은 쾌적하고 모든 것이 선명했다. 석가탑과 다보탑이 양쪽에서 지키고 있는 경주박물관은 반짝반짝 빛나고 있었다. 그날은 특별전 '낭산, 도리천 가는 길' 개막식을 하는 날이었다.

경주 남산은 모두 잘 알고 있지만, '낭산'은 대부분의 사람들에게 제대로 알려지지 않은 이름이다. 월성 동남쪽에 위치한 경주 낭산은 신라인들에게는 마음을 달래 주고 위로를 받을 수 있는 장소였다. 낭산은 7세기 선덕여왕이 묻히면서 불교적 세계관인 수미산으로 인식됐고, 사천왕사와 황복사·망덕사 등이 조성되면서 신라인들에게 중요한 진산이 됐다. 낭산에서 나당전쟁 같은 국가적 위기를 잘 넘길 수 있도록 빌기도 하고, 부왕의 명복을 빌기도 했으며, 누구는 집안의 행복을 빌었다.

'낭산, 도리천 가는 길을 찾다' 특별전(2022.6.15~2022.9.12)은 그동안 사람들에게 주목받지 못했던 낭산의 문화유산들을 한자리에 모아 놓은 전시였다. 토착 신들의 진원지이기도 했던 낭산이 국가의 제사와 불교 의례의 공간으로 성격이 바뀌면서 제작됐던 여러 출토 유물을 볼 수 있었다. 경주박물관과 경주문화재연구소, 성림문화재연구원이 공동 개최했고 전시장에는 389점의 유물을 전시했다. 그동안 여기저기 나뉘어 전시됐던 황복사지 출토 유물이 일괄 전시되어 눈여겨볼 만했다. 이제는 파편으로만 남은 발가락, 소조불 좌상 등을 보며 원래 조성됐던 유물의 크기와 위엄을 짐작해 보는 것도 좋았다.

경주박물관 특별전시실에서 우측 방향으로 돌아가면 낭

산이 보인다. 경주박물관에서 걸어서 15분에서 20분이면 갈 수 있는 거리다. 일제강점기에 낭산을 가로지르듯 철길을 놓았다고 하는데, 그 철길도 걷혀 이제 제 모습을 찾았다. 낭산의 유물은 여러 곳에 있다. 경주박물관 정원에는 관음보살이 전시돼 있고, 상설전시관에선 문무왕릉비의 상단부와 복원된 사천황사 터에서 출토된 녹유 신장상 벽전과 기와 등도 볼 수 있다.

아침 8시에 기차를 타고 서울을 출발해 오전에 언론 공개회, 오후 개막식에 참석한 뒤 저녁 기차를 타고 서울로 돌아왔다. 당일 지방출장이라 피곤했지만 특별전 개막식은 즐겁고 뜻깊은 자리였다. 경주관장은 이제 평생을 바친 박물관을 뒤로하고 떠났다. 특별전 개막식에 평소보다 많은 외빈과 관우들이 참석해 전시 개막을 떠들썩하게 축하하고 박수를 보낸 이유이기도 했다.

국립경주박물관 '낭산, 도리천 가는 길' 전시장 내부.

09

이집트, 카이로박물관, 투탕카멘

박물관에 근무하는 사람이라 그런지 해외에 나가면 늘 박물관과 미술관을 찾곤 한다. 코로나로 해외여행을 갈 수 없었던 3년을 지나 2023년 1월 처음 떠난 곳이 이집트였다. 대부분의 사람들이 일생에 한 번은 가보고 싶어 하는 곳, 인류의 4대 문명의 발상지가 아닌가. 리야드를 경유, 카이로에 도착해 룩소르와 아부심벨을 거쳐 알렉산드리아까지 움직였다. 인류와 함께한 역사를 가진 곳답게 수많은 문화유산을 간직한 이집트는 지금도 발굴이 계속 이루어지고 있다. 이집트에 도착한 이틀 뒤에도 3,500년 전 고대 왕실 무덤이 발굴됐다는 소식이 들렸다.

보고, 쉬고, 간직하다

이집트 하면 떠오르는 것은 피라미드와 미라다. 가장 큰 쿠푸피라미드는 146미터의 높이를 가진 2.5톤 석재 23만 개를 210단으로 쌓아 만들어진 것이다. 기자피라미드를 시작으로 돌아본 피라미드 안의 수많은 조각들, 벽에 그려져 있는 그림과 상형문자들은 놀라움의 연속이었다. 신전들도 놀라웠는데 아길리카섬에 있던 필레신전의 아름다움은 지금도 아득하게 떠오른다.

곳곳을 둘러볼 때마다 가이드는 텅 빈 피라미드 안의 무덤, 그 안에 있던 문화유산을 이야기하며 그것은 카이로박물관에 가면 볼 수 있다는 말을 했다. 당연히 박물관에 대한 기대는 커져 갔다. 일정 말미에 드디어 카이로박물관에 도착해 관람할 때의 감동이란.

1902년에 개관한 카이로박물관은 소장 유물이 12만 점에 달한다. 수많은 석상과 유물들의 감동을 뒤로하고 가장 눈앞으로 다가온 것은 투탕카멘의 가면이었다. 관람객들은 별도의 공간에 만들어진 전시장에 입장해 관람했고 사

이집트 카이로박물관 전경.

카이로박물관에서 확인한 핫셉수트 여왕.

진도 찍을 수 없었다. 황금으로 만들어진 투탕카멘 가면은 이마에 코브라와 독수리로 장식하고 흑요석과 터키석 등으로 화려하게 치장했다. 가면은 콧날이 오똑하고 검은 선으로 눈 화장을 한 미남이었다. 어린 19세에 세상을 떠났기에 작은 무덤을 가졌다. 이 때문에 1922년 왕가의 계곡에서 수천 점의 보물과 함께 온전하게 발견돼 누구보다 유명한 왕이 됐다.

관람 시간이 한정돼 있어 카이로박물관의 수많은 유물을 하나하나 살펴볼 수는 없었다. 짧은 시간 동안 수많은 유물을 관람해야 하는 점이 너무도 아쉬웠고, 맘껏 전시할 수 있는 넉넉한 유물이 있는 그들이 부러웠다.

박물관 사람들이 문화유산을 소개하는 방식은 다를 수밖에 없으나 우리 박물관이 조금 더 친절한 것은 아닌지, 소중하게 문화유산을 다루고 전시를 하고 있는 것은 아닌지 생각했다.

맺는 글

지금까지 박물관의 이런저런 이야기를 했다.

박물관 여기저기서 일하는 많은 사람들,

전시를 준비하는 사람들의 모습,

문화유산이 우리에게 오면서 담겨진 사연들,

박물관 정원에서 우리와 같이 호흡하는 꽃과 나무들,

자연속에 어울려 있는 석조유물들,

전시실과 정원 구석구석 마련된 휴식 공간들,

박물관의 모든 곳에서 보고 느끼고 즐기는 사람들 이야기

까지.

모두 읽고 어떤 이미지로 박물관을 떠올릴까.

박물관에서는 전시유물과 교감하는 것만큼 좋은 경험은 없을 것이다.

전시는 유물만을 보여주는 것이 아닌 시대다. 유물에 이야기를 입히고 영상과 설명문을 만들고 다듬는다. 설명문도 어떤 것은 글자를 크게 하고 어떤 것은 세우고 어떤 것들은 눕힌다. 전시를 준비한 사람들은 관람객이 전시실에 들어가 진열장 앞에서 유물과 마주했을 때 좀 더 많이 이해하기를 바란다.

관람객은 박물관의 전시를 보면서 전시를 기획한 그들이 우리에게 보여 주고 싶었던 것은 무엇일까 한번쯤 생각하면서 보아 줬으면 좋겠다.

그렇게 해서 유물들을 만나고 교감할 수 있는 시간이 만들어진다면 좋겠다. 어느 순간 불현듯 만난 하나의 조각, 하나의 그림, 하나의 도자기를 통해 우리의 영혼은 충만해질 수 있다.

더불어 아이들은 박물관을 공부만 하러 오는 곳이 아니

라, 쉬고 이야기하고 즐기는 곳으로 생각했으면 좋겠다. 박물관에 대해 딱딱했던 감정들이 있었다면, 이 책을 통해서 조금 더 말랑말랑해졌으면 좋겠다. 말랑해진 그들이 국립박물관에도 공사립박물관에도 가서 여러 가지 이야기들을 직접 찾아냈으면 좋겠다.

박물관에서 하루 종일 슬렁슬렁 다니다 기운을 차리고 집으로 돌아가는 사람들이 하나둘씩 늘어나기를 꿈꾸어 본다.

보고, 쉬고, 간직하다